FSC
www.fsc.org
MIX
Papier aus ver-
antwortungsvollen
Quellen
Paper from
responsible sources
FSC® C105338

AF192200

ZAUBERHAFTE DRESDNER WEIHNACHT

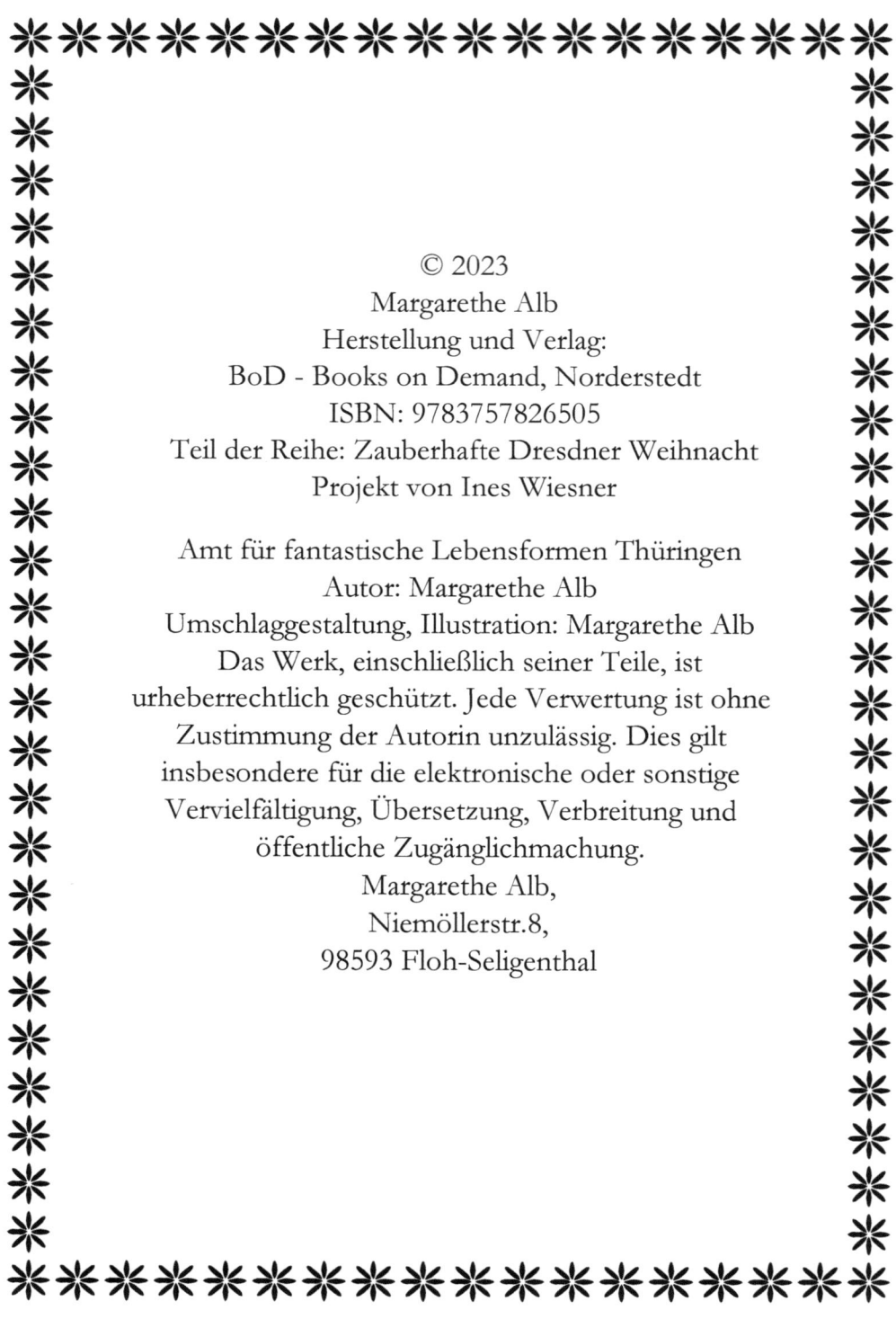

© 2023
Margarethe Alb
Herstellung und Verlag:
BoD - Books on Demand, Norderstedt
ISBN: 9783757826505
Teil der Reihe: Zauberhafte Dresdner Weihnacht
Projekt von Ines Wiesner

Amt für fantastische Lebensformen Thüringen
Autor: Margarethe Alb
Umschlaggestaltung, Illustration: Margarethe Alb
Margarethe Alb,
Niemöllerstr.8,
98593 Floh-Seligenthal

Margarethe Alb

Michelindas Stern

eine Weihnachtsgeschichte
aus der Reihe
„Zauberhafte Dresdner Weihnacht"

Buch 6

Vorgeplänkel

Als Michelinda im italienischen Pezaro aus einem hervorragenden Stück Granit herausgearbeitet wurde, war die Welt für sie noch perfekt. Die Gargoyle konnte es kaum erwarten, endlich ganz aus dem Stein herausgeschnitten zu werden. Plötzlich kamen Diskussionen auf, dass eine Dame wie sie doch niemals so schnöde Arbeit wie die eines Wasserspeiers durchführen könne. Immerhin war sie einmal die Gemahlin eines Adligen gewesen. Und später, so warfen einige Franziskanerinnen ein, hatte sie sich deren Orden angeschlossen. Also wurde beschlossen, sie zwar fertigzustellen, aber ihr keine Funktion zuzuweisen. Was Michelinda zwischen alle Stühle geraten ließ, denn sie war weder eine funktionale Gargoyle noch eine hochnäsige Heiligenfigur. Was die anderen Statuen und die „echten" Wasserspeier sie dann auch allnächtlich spüren ließen. Ihr einziger Halt war ein kleiner bunter Lichtpunkt am Himmel. Ob es wohl auch für sie Hoffnung geben konnte? Und wie, verflixt nochmal, gerät sie auf einmal nach Dresden? Fragen über Fragen.

Nachgeplänkel zum Vorgeplänkel

Willkommen in der Welt der Michelinda von Malatesta und dem sechsten Band der Reihe „Zauberhafte Dresdner Weihnacht", die von der bezaubernden Ines Wiesner als Herzensprojekt ins Leben gerufen wurde.

Ich darf bereits das zweite Büchlein dazu beisteuern entführe Euch, liebe Leser hier in über fünfhundert Jahre Leben, Liebe und Leid einer ganz besonderen Frau. Für diejenigen unter Euch, die sich mit historischen Daten auskennen habe ich eine Kleinigkeit mitzuteilen, bevor es losgeht.

Ich habe mir erlaubt zu schummeln.

Während ich das Weihnachtsoratorium des von mir verehrten Johann Sebastian Bach etwas in der Zeit vorverlegt habe, durfte eine bestimmte sächsische Adlige länger am Hof weilen, als in der Normweltrealität. Auch war ich so frech, in den Namen der seligen Michelina von Malatesta noch ein „d" einzufügen. Ich konnte mir den Namen irgendwie nur so merken. Ach ja, sie wurde ebenfalls später als im Buch seliggesprochen.

Aber die Reihe der „Zauberhaften Dresdner Weihnacht" besteht natürlich nicht nur aus „Michelindas Stern". Es sind inzwischen sechs wunderbare Bücher erschienen, die euch in das weihnachtliche Dresden entführen.

5

Band 1:
Margarethe Alb
Wie der Kaiser im Porzellanalden oder
Nachts im Dresdner Zwinger

Band 2:
Denise Bormann
Tilly – Eine Fee zu Weihnachten

Band 3:
Ines Wiesner
Paula – Eine kleine Eule mit großem Herzen

Band 4:
Denise Bormann
Alle Jahre wieder….
Mörderisch besinnliche Weihnachten

Band 5:
Nora Gold
Erdbeeren im Advent

Aber genug der Erklärungen, ich wünsche Euch nun viel Vergnügen mit Michelinda und ihrem ganz besonderen Stern!

Eure *Margarethe Alb*.

Inhalt

1375

Michelinda von Malatesta blickte an sich herab. Der Steinmetz hatte heute mal wieder nicht allzu viel geschafft. Offenbar war der Krug, aus dem es unangenehm stechend roch, ihm wichtiger gewesen, als sich seiner Arbeit zu widmen. Sie konnte es an einer Hand abzählen, wie oft der spindeldürre Mann den Beitel an ihr angesetzt hatte.

Aber Augenblick. Es ging eben nicht.

Denn er hatte nicht das geschafft, worauf sie so sehnsüchtig wartete. Wenn sie an sich hinabsah, dann erkannte sie ihren Torso, schlanke Arme unter Lagen von aus dem Stein gearbeitetem Stoff und einen grob vorgehauenen Klotz. Und genauso viele Körperteile war sie in der Lage zu bewegen, als die Nacht über dem Hof der Bauhütte hereinbrach. Es war frustrierend.

Michelinda konnte es kaum noch abwarten, dass endlich zumindest ihre Hände aus dem hellen Granit geschnitten wurden. Das war doch nicht zu viel verlangt? Ihren Unterleib konnte er danach in aller Ruhe ausarbeiten. Der interessierte sie bei weitem nicht so sehr. Es wäre zwar nett, Beine zu haben, aber ohne würde sie es auch noch eine ganze Weile aushalten.

Aber wer ließ denn bitteschön die Hände außeracht? Sodass eine gute Gargoyle gezwungen wurde, von anderen versorgt zu werden?

9

Nicht mal ein Kieselsteinchen konnte sie sich des Nachts selber in den Mund schieben, geschweige denn etwas von dem köstlich duftenden Brot, dass einer der anderen Gargoyles vergangene Nacht gestiebitzt hatte.

Ein ungehobelter Klotz war der Steinmetz. Eine Schande war er für seine Zunft. Jawohl.

Sie wollte sich doch nur genauso bewegen können, wie die fast fertigen unter ihnen.

Rumlaufen zu können wäre toll, aber sich zumindest einer gewissen Gestik bedienen zu können stand ja wohl jeder heißblütigen Italienerin zu. Wie gesagt, vom eigenständigen Essen abgesehen.

Es war einfach zum Mäusemelken.

Dieser Stefano mit der roten Knollennase kam einfach nicht voran. Sein Beitel ruhte, nicht nur am vergangenen Tag, mehr, als er an Michelinda arbeitete. Es war zum Haareraufen. Auch wenn sie nicht mal das hinbekam, wie gesagt, die Hände steckten ja noch felsenfest im Granitblock.

Und auch ihr Haar war noch nicht mal ansatzweise filigran ausgearbeitet, wenn sie auch vermutete, da in Zukunft auch nicht so einfach dranzukommen. Denn sie meinte den Baumeister gehört zu haben, der von einem Schleier mitsamt Gebende sprach, welche die neue Heilige für die Kirche auf dem Haupt tragen solle.

Was sie als eigenartig empfand, hatte sie doch erst gestern einige sogenannte Bräute Jesu, wie sie der Baumeister genannt hatte, gesehen.

Während die Schwestern die Baustelle besichtigten, hatten diese sich darüber unterhalten, dass auch Michelindas Vorbild dem dritten Orden des heiligen Franziskus angehört hätte. Eine von ihnen hatte gar behauptet, die Schwester gekannt zu haben. Die Frauen hatten sich gewundert, dass sie nicht in der Ordenstracht, sondern in der teuren, edel anmutenden Gewandung einer Dame des lokalen Adels dargestellt würde.

Vor allem aber hatten die Nonnen lautstark ihr Veto eingelegt. Eine der Ihren dürfte einfach keine Gargoyle werden. Dabei wäre es beinahe egal, in welchem Gewand sie aus dem Granit geformt werden würde.

Es sei einfach schamlos, sie als Wasserspeier schnöde Wetterabwehr verrichten zu lassen.

Der Baumeister hatte, nach kurzem, aber hitzig ausgetragenem Streit, den Kopf eingezogen und nach dem Bischof gesandt. Dieser fungierte als Auftraggeber für die Bauhütte der entstehenden Kirche und hatte in Streitfragen immer das letzte Wort. Und dieses war, da der hohe Herr bislang der Baustelle noch keinen neuerlichen Besuch abgestattet hatte, offenbar noch nicht gesprochen worden. Trotzdem hätte Stefano seinen Beitel schwingen und weiter an ihren Armen und Händen arbeiten müssen.

Michelinda ließ den Blick schweifen.

Den Kopf konnte sie immerhin drehen und auch sich mit dem Oberkörper vorzubeugen, klappte schon ganz gut.

Auf dem Gelände der Bauhütte regten sich mehrere halb aus ihrem Stein geschnittene Gargoyles, nachdem die Dunkelheit der Nacht ihnen Bewegungsfreiheit geschenkt hatte. Allen war gemein, dass sie im festen Zustand des hellen Tages dafür geschaffen wurden, das Regenwasser vom Dach zu Boden zu schaffen, ohne die Bausubstanz allzu nass werden zu lassen. Aber bei Nacht erwachten sie zum Leben und verließen die Grenzen des Daseins als Stein.

„Oioioi. Cosa ne sarà di te. Eine gute Gargoyle wirst du wohl nie. Du stehst zwischen den Meinungen und erhitzt die Gemüter, noch bevor man dich fertig geschnitten hat. Irgendwie siehst du nicht so aus, als könntest du den Aufgaben gerecht werden. Und eine Ordenstracht wollen sie dir verpassen. Niemals wirst du den Wassern den rechten Weg weisen können. Oioioi."

Was aus ihr werden solle? Gute Frage. Michelinda konnte es sich selber kaum vorstellen, Wasser zu speien, aber das war doch der Sinn, zu dem sie gerade geschaffen wurde? Sie war eine Gargoyle, sonst würde nicht des Nachts das Leben in ihrem steinernen Leib erwachen. Ihr Nachbar, ein Wasserspeier, der mehr Teufel als Mann zu werden schien, hatte ausgesprochen, was Michelinda bewegte.

Vom Sinn des Daseins

Michelinda war dem Disput auf der Baustelle so aufmerksam gefolgt, wie es ihr in ihrer Tagesform möglich war. Immerhin blieb das Gehör einer Steingeborenen auch untertags funktional. Allerdings waren die Beteiligten auf die unvergleichliche Weise ihrer Heimat dabei so laut und impulsiv geworden, dass man vermutlich auch drei Dörfer weiter noch glasklar vernommen hatte, worum es in dem Streit gegangen war. Erst die Intervention einer der Franziskanerinnen hatte dafür gesorgt, dass man sich über einer Flasche Wein auf einen Kompromiss einigte.

Letztendlich sollte Michelinda nun doch nicht an das Wasserableitungssystem angeschlossen werden.

Der Bischof und der Graf von Malatesta, der ein Neffe des verstobenen Gemahls ihres Vorbilds war, entschieden, dass Michelina ein würdigerer Platz in der neuen Kirche als der bislang vorgesehene Rand unter dem Dach zustand.

Und sie würde mit dem Gebende und einem edel verzierten Surcot über dem einfachen Hemd, der Cotta, dargestellt werden.

Als Abbild einer Edelfrau geziemte es sich so.

Der Graf hatte sich gegenüber dem Kirchenmann durchgesetzt, dem die Franziskanerkutte lieber gewesen wäre. Allerdings war da Michelinda anderer Meinung als ihr Anverwandter.

Die ehrwürdige Michelinda von Malatesta war in ihrer zweiten Lebenshälfte Franziskanerin gewesen und das musste doch einfach mehr zählen als eine junge Adlige, deren Lebensinhalt feine Gewänder und edle Steine gewesen waren. Sie hatte die Edelfrau weit hinter sich gelassen, genauso wie das Leben in Saus und Braus. Die Adlige hatte sich für ein Dasein als bescheidene, hilfsbereite Kirchendienerin entschieden, der sogar einige kleinere Wunder nachgesagt wurden. Sie war an Krankenbetten geeilt, hatte Sterbenden den Übertritt erleichtert und Angehörigen Mut gemacht. Ihr stand also die Ordenstracht mehr als zu.

Aber die Entscheidung war durch den Bauherren getroffen worden und somit nicht mehr abänderbar. Und ihr gestand man sowieso kein Mitspracherecht zu. Sie war ja kein Mensch.

Michelinda würde, wie ursprünglich vorgesehen, mit den äußeren Zeichen der Edelfrau der Jugend ihres Vorbildes dargestellt werden.

Aus ihr würde also eine Figur werden, welche zwar die Eigenschaften einer Gargoyle in sich trug, welche aber eher der Verehrung wegen einen Platz in oder an der Kirche fand.

Leider führte die Entscheidung das Bischofs, sie vom Dienst freizustellen dazu, dass die echten Gargoyles sie nun schnitten.

Michelinda fand sich bereits in der folgenden Nacht einsam und verlassen vor, obwohl die anderen halbfertigen Gargoyles auf und in ihren Sockeln um sie herumstanden.

Und es wurde nicht besser. Michelinda fand sich zwischen allen Stühlen wieder, wie sie in den folgenden Nächten bemerkte.

Die Gargoyles erkannten sie nicht als eine der ihren an, und die gerade entstehenden Heiligenfiguren betrachteten sie mit Verachtung. Auch wenn diese allnächtlich nur eingeschränkt erwachten, bedeuteten sie ihr, dass sie eine aus ihren erhabenen Kreisen Ausgestoßene sei. Oder besser gesagt, eine nie Aufgenommene.

Immerhin war ihr Vorbild eine Person, die zwar Gutes getan und angeblich auch einige Wunder gewirkt hatte, die aber vom Heiligen Stuhl bislang nicht weiter beachtet worden war. Michelinda war für die echten Heiligen einfach nur das Abbild der Witwe des vorletzten Herren der umliegenden Ortschaften.

Und als solcher gestanden ihr die anerkannt wundertätigen oder nicht so wundertätigen Figuren keinerlei Anerkennung zu.

Einzig eine alte, verbitterte Vampirette ließ sich hin und wieder herab, Michelinda ihr Leid zu klagen. Allerdings geschah das erst, nachdem die Arbeiter am Kirchengebäude die alte Familiengruft der Vampirin gefunden und kurzerhand zugeschüttet hatten.

Der so obdachlos gewordenen Eloise blieb nichts anderes übrig, als sich nach wenigen Tagen davonzumachen, um einen neuen, sicheren Unterschlupf zu finden. Was bedeutete, dass Michelinda wieder allein zurückblieb.

Nachdem sie der armen Eloise unter dem hämischen Gelächter der Heiligen nachgewunken hatte, ließ Michelinda den Kopf in den Nacken sinken. Seufzend betrachtete sie den wolkenlosen Himmel, der von unzähligen Sternen übersät war. Der Neumond war kaum erkennbar, was die Sterne noch heller strahlen ließ.

Michelindas Blick blieb an einem der funkelnden Lichter hängen. Das Sternlein leuchtete etwas abseits von den Myriaden an Lichtpunkten. Er stand in einem freien Raum, der von allen Seiten durch dichtere Gruppen an Sternen begrenzt war. Der Stern erschien auch nicht als weißes Leuchten.

Je länger Michelinda zu ihm hinaufschaute, umso bunter schien er zu strahlen. Das Licht zerfaserte zu vielfarbigen Strängen und rotglühenden Punkten. Sie wandte sich ab. Einen vielfarbigen Stern hatte sie noch nie gesehen. Aber immerhin existierte sie erst seit einigen Monaten. Vielleicht gab es so etwas öfters als gedacht? Aber wen sollte sie fragen?

Michelinda beschloss, das Sternlein im Auge zu behalten. Das bunte Licht zog sie an, wie das Feuer die Menschen.

1385

Michelinda schluckte. Mit aller Macht unterdrückte sie die derzeit allzu locker sitzenden Tränen. Es würde ihr ja doch nichts bringen, ihre Gefühle offen zu zeigen. Außer noch mehr Spott, als sie sowieso schon ausgesetzt war.

In den vergangenen zehn Jahren war die Kirche gewachsen, fertiggestellt worden und die Gargoyles waren an den für sie vorgesehenen Stellen unter dem Dach eingezogen. Die Heiligen thronten auf ihren Sockeln und sonnten sich in der Verehrung durch die gläubigen Menschen, welche die Kirche regelmäßig aufsuchten und ihnen sogar immer wieder mal Blumen brachten.

Es würde ihr zehntes Weihnachtsfest sein, dass sie allein verbrachte.

Besser gesagt, einsam. Denn die Kirche würde sich zur nächsten Nacht mit Menschen füllen, welche die Geburt des Sohnes des Christengottes feiern wollten.

Von ihrem Platz aus hatte sie einen recht guten Blick über die Gläubigen.

Sie konnte so ziemlich aus der ersten Reihe die Menschen bewundern, die ihre Liebsten an ihrer Seite hatten, Blicke austauschten und die Kinder herzten. Für sie selbst hatte fast niemand einen Blick übrig.

Bis auf einen älteren Mann.

Michelinda vermutete, dass er der Grund war, dass sie zur Einsamkeit verflucht worden war. Zumindest indirekt. Oder auch ganz bewusst. Es hatte sie einige Jahre gekostet, sich aus seinen immer wieder mal gestammelten Worten einen Reim zu machen.

Giacomo war vor langer Zeit in die echte Michelinda verliebt gewesen. So richtig verliebt. Er hatte sie umworben, ihr kleine Geschenke geschnitzt und sogar, auf seine brummige Art, ein Lied nur für sie gesungen. Michelinda hatte seine Zuneigung erwidert und dem armen Kerl Hoffnungen gemacht. Ihr Vater war zwar nicht wirklich begeistert gewesen, dass seine Tochter sich zu einem einfachen Köhler hingezogen fühlte, aber er hatte versprochen, sich dem jungen Glück nicht in den Weg zu stellen. Davon abgesehen, hatte der Vater, des Köhlers Werben sowieso nicht ernst genommen, da Michelinda erst zarte zwölf Jahre alt gewesen war. Allerdings hatten Giacomo und Michelinda die Rechnung ohne Michelindas Mutter gemacht. Diese war nämlich überhaupt nicht damit zufrieden gewesen, ihr ältestes Kind an einen schmutzigen Burschen zu verlieren. Während Michelinda und Giacomo von einer Hütte voller Liebe, Lachen und Kinder träumten, handelte ihre eigene Mutter einen Vertrag mit der Teufelin aus. Im Nachhinein konnte sie nur den Kopf über die Mutter schütteln. Michelinda war doch noch ein Kind gewesen. Es gehörte sich einfach nicht, so ein kleines Mädchen zu vermählen.

Na gut, als Michelinda vor vollendete Tatsachen gestellt worden war, hatte sie sich, jung und unerfahren wie sie war, sehr flink umorientiert. Ihr zukünftiger Gemahl sah sehr gut aus, war immer sauber und schenkte ihr beim ersten Treffen ein Halsband, dass mit unzähligen Edelsteinen besetzt war. Und die echte Michelinda war verzückt gewesen. Sie hatte Giacomo schneller vergessen, als ihr Verlobter ihr einen fetten Ring schenken konnte. Und genauso waren die folgenden Jahre verlaufen. Michelinda hatte das Geld mit vollen Händen ausgegeben. Sie war es, die überall ob ihrer Schönheit und ihres Putzes bewundert worden war. Ihr Ehemann hatte sie umhergezeigt, als sei sie selber ein Schmuckstück.

Die jugendliche Edelfrau hatte es geliebt.

Ihn vielleicht nicht ganz so sehr, aber ihr Leben, in das war Michelinda verliebt gewesen. Wenn es nicht diesen verhängnisvollen Unfall gegeben hätte, bei dem ihr Ehemann von seinem schwarzen Hengst gefallen wäre, dann hätte ihr Leben dauerhaft so ausgesehen. Oberflächlich, von Festen und Ausritten in teuren Gewändern angefüllt. Alles nur Freude und Lachen und teure Dinge, die das Dasein auf Gottes Erden schöner machten.

Leider hatte Michelindas Gatte sich einen offenen Bruch des linken Unterschenkels zugezogen, der sich nur Stunden nach dem Sturz böse entzündet hatte. Schon drei Tage später war er verschieden. Von diesem Tag an hatte sich ihr Leben geändert.

19

Der neue Herr, ihr Sohn, war gerade drei Jahre alt und somit musste sie die Aufgaben des Herrn und der Herrin übernehmen.

Auf diese Verantwortung hatte niemand Michelinda vorbereitet, was diverse Verwandte ihres verstorbenen Gemahl auf den Plan gerufen hatte, die meinten, sich ihr anzutragen. Aber Michelinda blieb hart.

Was dazu führte, dass fast täglich gegen sie intrigiert wurde. Nicht nur einmal musste sie einen Verwandten in die Schranken weisen oder gleich aus der Burg werfen lassen. Aber so lange ihr Kind lebte, hatten sie keine Chance. Dann kam der Winter.

Auf der Burg grassierte ein Fieber, dass nicht nur mehreren Mägden das Leben nahm.

Auch ihr Söhnlein verschied nach mehreren Wochen, die es fiebernd und hustend das Bett hatte hüten müssen.

Und Michelinda war vom neuen Herren kurzerhand gebeten worden, die Burg und damit auch die Gräber von Mann und Kind zu verlassen.

Dessen Vasallen hatten sie, nur mit einem Büdel, dass ihren persönlichen Schmuck enthielt, förmlich aus dem Haus gejagt.

Die Eltern gewährten ihr Unterkunft. In ihrer Kammer trauernd, erkannte Michelinda die Bedeutung des Glaubens für ihre Seele. Sie fasste den Plan, sich für eine Zukunft im Schoß der Kirche zu entscheiden und, wie es für Frauen ihres Schicksals üblich war, in ein Kloster zu gehen.

Mit dem ihr verbliebene Gold und den wenigen Edelsteinen wollte sie sich einen Platz in einer Glaubensgemeinschaft erkaufen. Das passte den Eltern nun wieder nicht, die das verbliebene Geld lieber für die Familie eingesetzt sehen wollte.

Kurzerhand sperrten sie Michelinda in den Turm ihres Hauses und ließen sie sogar in Ketten legen. Erst mehrere Jahre später entkam sie durch die Hilfe des Paters, der die Weihnachtsmesse gelesen hatte.

Dieser brachte sie bei den Franziskanerinnen unter.

Wo sie, nachdem sie sogar eine Reise ins gelobte Land unternommen hatte, langsam aber sicher in Vergessenheit geriet. Und über das Leben auf dieser Erde nachzudenken gezwungen wurde.

Über das Leben als Ordensschwester ihrer Vorbildperson hatte die Gargoyle Michelinda von den Franziskanerinnen gehört.

Michelinda war bescheiden geworden und zur Helferin der Kranken und Hilfsbedürftigen herangewachsen. Sie hatte Leiden gelindert, Sterbenden geholfen und sogar Schwerkranke geheilt. Als ihr Ruf wuchs, erinnerten sich auch die Malatestas wieder an sie. Eine Wundertätige passte wieder in ihre Reihen. Dass sie diese erst daraus verstoßen hatten, spielte keine Rolle mehr. Einzig Giacomo schien sich nach wie vor an die „echte" Michelinda zu erinnern, an die, welche sie gewesen war, bevor ihr Wunder nachgesagt wurden.

21

Oh du traurige...

Der alte Mann, der jedes Mal, wenn er die Kirche betrat, ein wenig gebeugter ging, war Michelindas einziger Lichtblick.

Sie war einsam und verbittert geworden.

Niemand gab sich mit ihr ab. Traurig schaute sie einer jungen Frau zu, die einen duftenden Zweig Rosmarin auf das Podest zu Füßen einer anderen Figur bettete, als wäre es ein Schatz. So war es immer.

Alle wurden beachtet.

Na gut, sie hatte Giacomo, aber niemand sprach zu ihren Füßen ein Gebet und die Heiligen ließen sie das auch allnächtlich scheinheilig wissen.

Sie wünschte sich nicht nur einmal, niemals aus dem Stein gehauen worden zu sein. Oder wenn, dann bitteschön als ordentliche Gargoyle, aber doch nicht so.

Als Gedenkfigur einer Person, die eventuell irgendwann einmal vom Heiligen Stuhl seliggesprochen würde. Eventuell.

Von einer Heiligsprechung wagte Michelinda nicht einmal ansatzweise zu träumen. Aber würden sich die Kirchenoberen denn einen Zacken aus den Krönchen brechen, ihr wenigstens die Seligkeit zu gönnen? Damit sie nicht mehr wie eine Aussätzige behandelt werden würde?

*****

Als der wunderbar gehaltene Gottesdienst zur Christnacht seinem Ende entgegen ging, wappnete sie sich für eine weitere Nacht der Demütigung. Nachdem die letzten Menschen das Gotteshaus verlassen hatten, hockte Michelinda sich in die Nische, die neben dem Sockel in die Wand eingelassen war, auf dem sie untertags als steinerne Statue thronte. Hier hinter dem Socken war sie zumindest halbwegs unsichtbar und konnte hoffen, nicht weiter beachtet zu werden.

Während auf dem Dach der kleinen hübschen Kirche die Post abging. Die bereits fertig geschnittenen Gargoyles feierten auch so schon allnächtlich wilde Orgien und Feste, bis die Morgensonne sie wieder in ihre angestammte Form zwang.

Da wurde in der Nacht der Geburt des Gottessohnes keine Ausnahme gemacht. Es wurde eigentlich noch ausgelassener gefeiert, denn die Nächte um das Weihnachtsfest herum waren die längsten des Jahres.

Es waren die Nächte, welche den Steingeborenen die meiste Bewegungsfreiheit gaben. Und dass gehörte gefeiert.

Nur Michelinda hatten sie, wie immer, knallhart von dem Treiben ausgeschlossen. Da sie nach dem Beschluss der Bauherren keine vollständige Gargoyle war, war ihr schnöde beschieden worden, sich fernzuhalten.

Da nutzte es auch nichts, dass sie von dem Steinmetz letztendlich aufs feinste geschnitten worden war.

Ihre Gesichtszüge waren zart und lieblich zu nennen, der Schleier, der ihr wallendes Haar nur teilweise verbarg, erschien auch in ihrer Tagesform immer irgendwie wie im Winde wehend.

Trotzdem war sie die Ausgeschlossene.

Gut, ein echter Gargoyle war stolz auf seine in Stein gehauene Hässlichkeit. Und hässlich war Michelinda nun einmal nicht zu nennen. Auch wenn sie es nicht verstand, dass sie so hübsch dargestellt worden war, war ihr Vorbild doch als arme Ordensschwester für die Kirche von Belang und nicht als Edelfrau und Witwe.

Michelinda legte den Kopf auf die angezogenen Knie. Eine kleine Hoffnung hatte sie noch.

Wenn das Kirchlein erst einmal vollkommen fertiggestellt war, würden ganz gewiss noch einige freundliche Heilige aufgestellt werden. Immerhin wurde auf der ihrem Sockel gegenüberliegenden Seite noch gebaut.

Auch der Altar war bislang noch ein Provisorium aus einem recht wackeligen Tisch mit grob zurechtgeschnitzten Beinen. Da konnte auch das edle weiße Tuch darüber nicht hinwegtäuschen, aber die Dörfler und auch die Herren von Malatesta kamen bereits seit einiger Zeit zu den Gottesdiensten in das neue Haus.

Michelinda trat zu später Stunde hinaus in die kalte, feuchte Nacht. Über ihr feierten die Steingeborenen ausgelassen, während im Kirchenschiff die Heiligen christliche Choräle angestimmt hatten.

24

Sie suchte sich ein halbverborgenes Eckchen zwischen aufgestapelten Steinblöcken und legte sich auf den Rücken.

Dicke Wolken verbargen die Sterne. Ein leichter Nieselregen befeuchtete ihr Gesicht, sodass es für einen zufälligen Beobachter nicht auffallen würde, dass sie weinte.

Wie sehr wünschte sie sich, diesen Ort verlassen zu können. Was gäbe sie um Wesen, die sie achteten, wenn sie Michelinda schon nicht mögen könnten. War das denn alles zu viel verlangt? Warum musste ausgerechnet sie dafür büßen, was die echte Michelinda zu Lebzeiten an ihren Mitmenschen verbrochen hatte? Und außerdem konnte man der doch allerhöchstens Hochmut und Verschwendungssucht vorwerfen. Wenn nicht mal das, denn Michelinda hatte es doch in ihren Jahren als Franziskanerin wieder gut gemacht, oder?

Plötzlich rissen die Wolken ein Stückchen auf und ausgerechnet der farbenfrohe Stern blinkte Michelinda zu, bevor eine weitere Wolke ihren feuchten Inhalt über ihr versprühte.

Hoffnungsmai

„Nun stellt endlich den Altar auf. Der Tisch muss stehen, bevor die Malereien um die Tore gefertigt werden, sonst beschädigt man sie noch beim Hereintragen. Das Kreuz hat aber noch Zeit. Das bringen wir in mehreren Einzelteilen rein."

Michelinda beobachtete, wie mehrere Steinmetze den marmornen Altartisch hereinwuchteten und vor dem nach Osten gerichteten Fenster positionierten. Wenn die Männer des Baumeisters nicht so ignorant wären, dann hätten das die Gargoyles vom Dach in Windeseile und ohne zu murren erledigt. Aber so mussten sich mindestens drei von den Arbeitern den Rücken verrenken, bis der Tisch an Ort und Stelle war.

Sie schoben und zerrten, aber irgendwie passte der gewaltige Altartisch nicht so recht am provisorischen Gestühl der hohen Herrschaften vorbei. Mehrfach blieb einer der Männer mit dem Knie sogar an Michelindas Sockel hängen.

„Die dämliche Figur stört. Können wir die nicht nach draußen schaffen? Irgendwie passt das Weibsbild sowieso nicht hier herein."

Der Baumeister, den die Arbeiter hereingerufen hatten, damit er Rat gab, nickte zustimmend, nachdem er die Misere ganz genau begutachtet hatte.

„Du hast recht. Vor allem, da die Herren auch nicht glücklich mit ihr sind. Die von Malatesta möchten nicht mehr immerzu mit ihr konfrontiert werden. Es ist ja nicht so, als wäre hier der Michelinda Grablege. Seit der letzte Graf verstorben ist, kümmert es die Erben nicht, was aus der Frau eines ihrer Vorgänger wird. Immerhin war ihr Gemahl nicht lange in Amt und Würden und dessen Nachfolger ist jetzt auch den Weg in die Ewigkeit gegangen. Außerdem wurde sie bis dato nicht zur Seligen ernannt, also ist die Wahrscheinlichkeit, dass es noch geschieht, nicht groß."

Oje. Nein.

Michelinda hätte laut gekeucht, wenn es nicht helllichter Tag gewesen und sie dadurch zur Statue gebannt wäre. Redeten die etwa davon, sie zu zerstören? Oder, was noch viel schlimmer wäre, sie einfach in einem Steinbruch abzuladen?

Heimatlose Steingeborene waren dazu verbannt, an einem solchen Ort vor sich hinzuvegetieren, bis die Wetter sie zu Sand zerrieben.

Ein in dunkelgrünes, fein gewebtes Tuch gewandeter Mann, der in fremden, harten Zungen sprach, mischte sich ein. Er trat nahe vor Michelinda und tätschelte ihr beinahe schon zärtlich das Knie. Michelinda hatte ihn noch nie zuvor gesehen. Aber sie hatte sich aus den Gesprächen einiger Dörflerinnen am Morgen zusammengereimt, dass fremde Herren eingetroffen seien, um Geschäfte zu machen und Steine aus dem nahegelegenen Bruch zu besichtigen.

„Wen stellt die Signorina dar? Sie ist bellissima. Hübsch. So grazil." Die Steinmetze zuckten mit den Schultern.

„Gut sieht sie schon aus, die Michelinda von Malatesta. Sie war die Gemahlin des Landesherrn ihrer Zeit. Später konvertierte sie zur Franziskanerin. Soll auch ein paar Wunder vollbracht haben, das Weibsstück." Der Fremde umrundete ihren Sockel.

„Welcher Art war ihre Wundertätigkeit?" Einer der Arbeiter blickte zu Michelinda hoch.

„Michelinda war, nachdem sie den Schleier genommen hatte, wohl überaus wohltätig. Sie konnte auch Kranke heilen und dem Tod sanfte Schwingen verleihen, sollte er unausweichlich erscheinen. Meiner Großmutter hat sie angeblich den Weg ins Himmelreich geebnet. Sie starb jedenfalls mit einem Lächeln auf den Lippen." Der Fremde nickte.

„Das gefällt mir. Würden eure Herren sie mir vielleicht übereignen? Ich werde ja sowieso Marmor und Granitstein mit in die Heimat nehmen, da können meine Männer auch eine euch ungenehme Statue mit sich führen. Ich bin mir sicher, dass sie in unserer neuen Kirche ein perfektes Plätzchen bekommt. Der Bischof möchte einen alten Kirchenbau ersetzen, der den besonderen Frauen gewidmet ist."

Steinreise

Michelinda fielen in der ersten Nacht beinahe die Augen aus den Höhlen. Niemals hätte sie geglaubt, einmal auf Reisen zu gehen. Sie hätte jeden ausgelacht, der ihr so etwas prophezeit hätte. Steingeborene wurden nur dann transportiert, bevor man sie aus dem Stein schnitt. Und das war dann ja genau genommen vor deren Erschaffung. Also, von der Strecke von der Bauhütte aufs Dach oder, wie in ihrem Falle, in die Kirche, redeten sie nicht. Das hier war etwas völlig anderes. Die Fremden, die nach Pezaro gekommen waren um Steine zu kaufen, hatten ihre Wagen zuerst mit Granitblöcken und Marmorbrocken beladen. Dann war eine Decke auf dem größten Gefährt ausgebreitet worden, auf welche die Männer dann, erstaunlich vorsichtig, Michelinda gebettet hatten. Sie hatten sie mit einer weiteren Decke bis zum Hals zugedeckt und mit dicken Hanfseilen vor dem Herabrutschen gesichert. Als die vorgespannten Pferde das erste Mal anzogen, wurde es Michelinda im Innersten ihres Gesteingefüges schwindelig.

Es würde wirklich geschehen. Ihr Wunsch, den sie zur längsten Nacht des Jahres und dem Weihnachtsabend zu ihrem Stern gesandt hatte, würde nun, einige Monate später, wahr werden.

Man warf sie nicht weg und zerstörte sie auch nicht.

Der Fremde hatte sie auserwählt, in einer neuen Kirche zu wohnen, die vielen wohltätigen Frauen gewidmet sein würde.

Auch wenn sie niemals seliggesprochen würde, so wallte in ihr doch die Hoffnung auf, endlich anerkannt und beachtet zu werden. Michelinda würde jedenfalls alles dafür tun.

Als der Wagen sich in eine besonders krumme Kehre neigte und gleichzeitig durch ein tiefes Schlagloch rumpelte, fiel ihr vor Schreck beinahe ein Kiesel aus dem Mund. Nicht wegen der Kurve, sondern weil ihr ein Gedanke kam. Was wäre, wenn es dort, wo man sie hinbrachte, gar keine belebten Steine gäbe? Dann wäre sie wieder allein. Gut, dann würde auch niemand sie ächten, aber was würde das für sie ändern? Es würde eine andere Art Einsamkeit sein. Vielleicht gäbe es keine hämischen Äußerungen, aber wäre es besser, gar nicht mehr beachtet zu werden?

Panik wallte in ihrem Gefüge auf, als der Wagen sich in einer der nächsten Windungen des Weges gefährlich zur Seite neigte. Vielleicht war es müßig, sich vor der Zukunft zu fürchten, wenn doch die Wahrscheinlichkeit bestand, dass sie das Ziel nicht unzerbrochen erreichte?

Denn sie bezweifelte nicht, dass man sie, sollte sie vom Wagen rutschen und zersplittern, einfach zurücklassen würde.

Das schlechte Wegstück schien überwunden zu sein, denn der Wagen richtete sich wieder auf und rollte recht ruhig weiter dahin.

Sie beschloss, ein Problem nach dem anderen zu durchdenken und die Furcht nicht die Oberhand gewinnen zu lassen. Vorerst gab es Wichtigeres.

Sie, eine Steingeborene war nämlich auf Reisen.

*****

Langsam senkte sich die Sonne aus ihrem Sichtfeld und die Dämmerung des frühen Sommers übernahm. Das strahlende Azurblau des Himmels färbte sich erst gräulich, dann erschienen rosafarbene Schlieren und schließlich erstrahlten am fast schwarzen Firmament die ersten Sterne.

Michelinda drehte ganz vorsichtig den Kopf. Ihr Gefüge knirschte leise, da es noch nicht stockfinster war, aber die Neugierde hatte sie längst übermannt. Was sie bislang nur aus den Augenwinkeln erkannt hatte, konnte sie jetzt in Ruhe und Erstaunen betrachten.

Links und rechts der Straße wuchsen nämlich inzwischen Berge soweit in die Höhe, dass der Sternenhimmel nur zum Teil sichtbar war. Wände aus Basalt und Granit, überwachsen mit einem Teppich aus Pflanzen, säumten die Straße.

Die Wagen waren für die Rast zu einer Art Kreis zusammengeschoben worden, in dessen Inneren die Pferde grasten.

Aber Michelinda konnte und wollte vorerst den Blick nicht von den Gestirnen der Nacht abwenden.

Einzig ein schmaler Streifen der Lichter des unendlichem Himmels eröffnete sich durch die

Felswände begrenzt, ihrem Auge. Trotz der Beschränkungen war es der allerschönste Anblick, der ihr jemals unter die Augen gekommen war.

Sie genoss den trägen Sommerwind, der ihren Schleier leise wehen ließ, während sie die blinkenden Sterne betrachtete.

Nach einer Weile siegte aber die Neugier.

Wenn Michelinda schon etwas von der Welt zu sehen bekam, dann wollte sie so viel bewundern, wie es ihr möglich war.

Sie schob sich vorsichtig unter dem Seil hindurch, mit dem sie in ihrer Tagesform auf einem breiten Granitblock festgebunden worden war.

Sie zog die Beine unter sich und setzte sich auf.

Die Männer, welche die Steinladung begleiteten, saßen um mehrere Feuer. Es duftete nach Gebratenem und gewürztem Wein, während irgendwo ein Nachtvogel sang. Die Triller des Vögelchens nahmen sich die Reisenden offenbar zum Anlass, selber aktiv zu werden.

Als der erste seine tiefe Stimme erhob und ein Lied anstimmte, fielen die anderen augenblicklich ein.

Michelinda atmete tief ein. Der süße Duft von Bergkräutern, vermischt mit dem Rauch der Lagerfeuer versetzte sie in eine rührselige Stimmung. Sie hob den Schleier, der über ihr offenes Haar hing, an und steckte die Enden unter dem Haarband ihrer Gebende fest. Dann schüttelte sie den Kopf. Es war ja wohl hier oben auf dem Wagen egal, wer sie sah.

Kurz entschlossen zog sie Band und Tücher ganz vom Kopf und legte diese sorgfältig zusammen.

Dann ließ sie die Beine über den Granitblock baumeln und lehnte sich auf die Unterarme zurück. Die warme Sommerbrise spielte mit ihren hüftlangen Locken und ließ ihre Röcke leise rascheln. Zum ersten Mal seit ihrer Erschaffung fühlte sie sich eins mit ihrer Existenz. Der Stein unter ihr gab ihr die Festigkeit, welche Wesen ihrer Art benötigten, und trotzdem war sie unterwegs ins Ungewisse. Vielleicht erlebte sie sogar das ein oder andere Abenteuer während der Fahrt. Ihre Vorbildsperson war immerhin sogar bis ins Heilige Land gereist.

Ob es Michelinda daher schon vorbestimmt gewesen war aufzubrechen, um neue Ufer kennenzulernen? Andererseits hatten auch einige der Heiligenstatuen von Kreuzzügen und Seefahrten berichtet, die ihre Vorbilder unternommen hatten. Und diese fühlten mitnichten das Bedürfnis, sich aus der kleinen Kirche wegzubewegen. Aber die waren ja auch dort, wo sie waren, zufrieden mit ihrem Schicksal.

Im Unterschied zu Michelinda.

Allerdings bestand die berechtigte Hoffnung, dass Michelinda dort, wo das Ziel war, eine erwünschte Person war. Und allein dafür lohnte es sich, auf halsbrecherischen Wegen das Gesteinsgefüge durchschütteln zu lassen.

Es kommt ein Schiff geladen

War Michelinda der Meinung gewesen, dass die Reise auf dem Wagen ein unglaubliches Erlebnis gewesen wäre, so wurde sie einige Wochen später eines Besseren belehrt. Dann nämlich erreichte die Gruppe der Steinschneider einen Fluss. Auf diesem schwammen richtig große Schiffe und nicht nur so kleine Kähne, wie sie es von dem Flüsschen, das dicht bei ihrer Ursprungskirche vorbeiführte, kannte. Eine ganze Nacht verbrachte sie damit, vom Ufer aus die Schiffe auf dem glitzernden Teppich der kleinen, neckenden Wellen zu betrachten. Als der Wind kurz vor der Morgendämmerung einschlief, spiegelten sich die Sterne in der glatten Fläche. Sogar Michelindas kleiner, vielfarbiger Stern zwinkerte ihr von unten her zu.

Zufrieden kletterte sie im letzten Augenblick zurück auf ihren Wagen und streckte sich ihrer Tagesform entgegen.

Ihre Aufregung stieg ins Unermessliche, als sie feststellte, dass auch sie auf einem der Schiffe mitfahren sollte. Die Steinschneider verluden nämlich alle großen Granit- und Marmorblöcke auf ein solches Wassergefährt. Michelinda wurde an Bord getragen. Nachdem die Steine verladen waren, trugen Männer noch Säcke und Fässer mit Proviant über die schmale Planke auf das Schiff.

Kurze Zeit später lösten die Matrosen die Seile, welche das Schiff an Land festhielten und gleich danach legten sie ab. Zu ihrer übergroßen Freude hatte man Michelinda aufrecht an Deck vertäut, sodass sie in der Lage war, die vorbeiziehende Landschaft auch bei Tageslicht in all ihrer Pracht zu bewundern. Zwar war das Wetter umgeschlagen und der böige Wind peitschte ihr den Regen mitten ins Gesicht, aber das konnte eine reisende Gargoyle nicht daran hindern, alles aufzusaugen, wie ein Schwamm das Wasser.

Sie fuhren an blühenden Wiesen vorbei, an tiefgrünen Wäldern und wunderbaren Städten, deren steinerne Bauten von wundervoll hässlichen Gargoyles bewacht wurden. Einige der Mitglieder der steinernen Bruderschaften wachten über Bücken, welche den Fluß überspannten. Diesen winkte sie zu, wenn die Nacht über ihnen anbrach. Und sie grüßten zurück. Das war wundervoll. Es gab wirklich und wahrhaftig Gargoyles, welche eine wie Michelinda beachteten. Die Hoffnung in ihr stieg mit dem Strahlen ihres Sterns. Auch dieser erschien ihr derzeit lebendiger denn je.

Mit neuem Mut und guter Laune genoss Michelinda die vorbeiziehende Landschaft.

Sogar eine Kathedrale welche der Traum eines jeden Gargoyles war, meinte sie an einem trüben Tag in der Ferne zu erkennen. Wie jeder ihrer Art hätte auch sie gerne einen Platz auf einem dieser majestätischen Gebäude gefunden. Das war der Ort, für den sie geschaffen wurden und dorthin zog es einen Gargoyle

35

ganz automatisch. Des Nachts, wenn Sie die Herrin ihres Körpers war, erweiterte sich ihr Blickfeld noch einmal enorm.

Dann bewunderte Michelinda nicht nur ihren Stern, sondern vornehmlich die im Sternenlicht glitzernden Wellen. Sie spürte dem Wind im Gesicht nach und beobachtete, wie das Wild am Flussufer auf den großen Wiesen äste. Einmal stand ein Hirsch, wie sie ihn nur von einem der Wandgemälde der Kirche kannte, direkt am Ufer und betrachtete Michelinda aus wissenden Augen. In dem majestätischen Tier steckte mehr, als die Menschen erkannten, die sich vor ihren Ohren damit gebrüstet hatten, schonmal einen solchen erlegt zu haben.

Im Laufe der Zeit veränderte sich die Landschaft. Die lieblichen Uferwiesen und grünen Wälder wurden ersetzt durch hohe und schroffe Felsformationen.

Diese waren völlig anders als die Berge durch deren Täler sie gereist waren und aus denen auch ihr Stein seinerzeit geschnitten worden war. Es handelte sich eher um schroffe, aufrechtstehende Felsnadeln, welche vom Wetter rund gelutscht worden waren.

Kaum hatten sie diese Gegend erreicht, spürte sie, wie die Besatzung des Lastkahns zunehmend unruhig wurde. Niemand ging mit dem Einbruch der Nacht zu Bett. Wobei die Männer sowieso auf den Planken des Decks geschlafen hatten, nur in ihre Decken eingewickelt. Aber jetzt war alles anders. Es gab keine Decken und auch das Nachtmahl schien auszufallen.

36

Laute Befehle wurden gebrüllt.

Aus einigen Gesprächsfetzen reimte sich Michelinda zusammen, das sind nun beinahe am Ziel ihrer Reise angekommen waren.

Sie war gespannt. Eher gesagt, stieg die Spannung in ihr beinahe bis zum Zerbrechen an. Die ihr so wohl bekannte Angst hob die schläfrigen Krallen und fuhr Michelinda durch das Herz. Sie fürchtete, dass sie es nicht schaffen würde, stillzustehen. Was wäre, wenn die Männer erkennen würden, was sie da aus Pezaro mitgebracht hatten? Ließe man sie an Land gehen? Und wenn ja, wie würde die Baustelle aussehen, an der die edlen Steine verbaut werden würden? Wären dort Gargoyles zu Hause, die auch eine wie sie zu akzeptieren imstande wären?

In den folgenden Stunden war sie innerlich so hibbelig, dass ihr sogar ein Stückchen Granit unter der großen Zehe absplitterte.

Michelinda betete zu Gott und sicherheitshalber zu all den ihr unbekannten Gottheiten gleich mit, dass es niemand bemerken und sie als kaputt beiseiteschaffen lassen würde. Da die Aufregung sie beinahe zerfraß, verpasste sie beinahe, dass der Kahn eine weitere Stadt erreichte. Erst die erneut aufkommenden Rufe der Besatzung machten sie darauf aufmerksam. Das Schiff verlangsamte die Fahrt. Ein vorsichtiger Blick nach oben erklärte das Abbremsen. Bis auf eines hatte man die Segel eingeholt. Sie wandte den Blick der Uferlinie zu. Erst erschienen einzelne Gehöfte, dann wurde die Bebauung in Ufernähe zusehends dichter.

Die Häuser waren hier anders als in ihrer Heimat. Die meisten waren aus Holzständern errichtet, die entstandenen Fächer hatte man mit etwas ausgefüllt, dass sie nicht identifizieren konnte. Steine wären ihr ein leichtes gewesen, aber das hier? Spürte sie Lehm? Mit etwas stachligem darin? Stroh? Sie würde einmal nachfragen müssen, falls sie einen wissenden Gesprächspartner fand. Dann kam die Stadt in Sicht.

Schon aus der Ferne erkannte Michelinda trutzige Mauern und die hohen Türme mehrerer Kirchen. Hier bestand zumindest die Hoffnung auf ein gutes Dasein auch für eine so besondere Gargoyle wie sie.

Kurz darauf legten sie an einem provisorischen Steg an. Die Männer vertäuten das Schiff und legten Planken aus. Am Ufer wieherten schwere Zugpferde, die vor ihre Karren gespannt, ungeduldig auf die steinerne Ladung warteten.

Auch Michelinda wurde von Bord geschafft und vorsichtig auf einen der Wagen gebettet.

Mit der Anweisung, sie ja unbeschädigt zur Baustelle einer Kirche zu schaffen, die ein wichtig aussehender Mann als Frauenkirche bezeichnet hatte.

Der ältere Herr, der ein tüchtigen Schmerbauch vor sich hertrug und einen eindrucksvollen schneeweißen Bart hatte, war es auch gewesen, der sie in der heimatlichen Kirche angeschaut und für wunderschön erklärt hatte.

Tag an Glanz und Freuden groß

„**B**ringt sie hierher, ich will sie ganz genau begutachten. Wenn ihr auch nur einen Splitter von ihr abgeschlagen habt, dann bekommt ihr keinen müden Heller von mir zu sehen, so wahr ich hier stehe." Der Meister der Bauhütte dirigierte seine Steinschneider, die Michelinda vom Wagen gehoben hatten, an eine sonnendurchflutete Stelle im Hof der Bauhütte. Zu ihrem Ärger war der Tag angebrochen, als man sie gerade verladen hatte und sie hatte nichts von ihrer neuen Heimat sehen können.

Gab es eine Kathedrale? Oder wenigstens eine mächtige Burg? Nichts wusste sie. Und warum? Die dämlichen Männer hatten sie dieses Mal mit dem Gesicht nach unten auf dem Wagen verschnürt. Die verdienten wirklich keinen Heller. Oder so.

„Oh ja. Ich erinnere mich also richtig. Sie ist wahrhaft fein gearbeitet. Und ihr habt wirklich Glück, dass sie unversehrt hier angekommen ist." Michelinda atmete innerlich auf. Der fehlende Splitter war offensichtlich unentdeckt geblieben.

Der Meister rief seine Leute zusammen.

„Seht sie euch an, diese feine Ausarbeitung und wie die Steinmetze ihre edle Haltung eingefangen haben. Sie soll euch ein Vorbild sein für alle Statuen und Figuren, welche für diese neue Kirche geschaffen werden."

Er fuhr mit rauen Fingern über Michelindas zarten Schleier.

„Die Herren kauften die edelsten Steine ein. Ihr werdet diese auf dem entsprechend zu verarbeiten wissen. Dabei vergesst nur nie, es geht nicht nur um eure Fertigkeiten, sondern auch um meinen Ruf, der immerhin auch euch in Lohn und Brot hält."

Wenn Michelinda gekonnt hätte, dann wäre sie mit Sicherheit knallrot geworden. So eine Schönheit war sie ja nun wirklich nicht. Einige der Heiligen in ihrer alten Kirche waren, ihrer Meinung nach, viel graziler und edler vom Angesicht gewesen. Auch wenn sie natürlich zugeben musste, dass sie sich geschmeichelt davon fühlte, für die zukünftigen steinernen Bewohner der Kirche ein Vorbild zu sein. Wer würde sich nicht darüber freuen?

Sie erhielt demnach auch einen Platz ziemlich mittig auf dem Gelände der Bauhütte, von wo aus die Steinmetze sie immer im Blick hatten. Und was ihr am besten daran gefiel, das war, dass sie zumindest für die nächste Zeit, freien Blick auf den Himmel hatte. In ihrer alten Heimat hatte Sie untertags nur einen schmalen Streifen der leuchtenden Bläue, aber niemals die Sonne, durch eines der Fenster gegenüber ihrer Nische erahnen können. Michelinda entspannte sich, als die warmen Sonnenstrahlen ihr Gefüge erwärmten. Hier war es auszuhalten. Sie freute sich unglaublich darauf, ihren Stein wieder, wenn es vielleicht auch nur vorübergehend war, den Wettern auszusetzen.

Wobei es auch drinnen gemütlich sein konnte, wenn das Bauwerk entsprechend ausgestattet war.

„Es liegt an deiner Art, weißt du?" der Baumeister tätschelte sacht ihren Arm und weckte Michelinda damit aus ihrem Tagtraum von Wind und Wetter.

„Sie hätten dich nie im dunklen Inneren einer Kirche einsperren dürfen. Schon gar nicht, ohne dir Zugang zum Wind zu geben. Auch das war einer der Gründe, warum wir dich mit hierher genommen haben."

Der Baumeister wusste was sie war? Er kannte das wahre Innere eines Gargoyle? Konnte sie so viel Glück haben? Michelinda blickte nach oben, soweit es ihr in ihrer steinernen Form möglich war.

Und wahrlich. Da war er. Sie konnte ihn sogar in ihrer reglosen Form erkennen, ganz so, als hätte ihn ihr jemand direkt ins Sichtfeld gehängt.

Der kleine helle Stern überstrahlte mit seinem flirrenden Farbspiel sogar den Nachmittagshimmel.

Innerlich schloss sie die Augen. Man hatte sie mitgenommen obwohl man wusste, dass sie eine Missgeburt war. Dass sie, eine Gargoyle ohne Funktion, in ihrer Heimat als Ausgestoßene dahinvegetiert hatte.

*****

Als es endlich dunkel genug war, dass Michelinda sich endlich recken und strecken konnte, stand plötzlich der Baumeister wieder neben ihr. Als wäre es die normalste Sache der Welt, reichte er ihr einen Becher, aus dem es verführerisch nach gewürztem Wein duftete.

„Du bist die erste, die ich in dieser Form zu sehen bekommen habe. Eine Wasserspeierin ohne Funktion und im Habitus einer Adligen. Irgendwann einmal, möchte ich, dass du mir die Geschichte erzählst, wie aus einer Figur, die als Wasserspeier gedacht war, die doch eigentlich nutzlose Statue einer gottesfürchtigen Frau werden konnte." Er hob entschuldigend die Hände.

„Verzeih mir, aber ich hoffe, du verstehst, was ich meine. Du bist so viel mehr wert als die Heiligenfiguren mit ihren gehobenen Näschen. Trotzdem ist es ungewöhnlich, was hier geschaffen wurde." Er griff nach seinem eigenen Becher und nahm einen tiefen Schluck.

„So gern ich dich und deine Geschichte hören möchte, muss ich aber etwas klarstellen. Du bist hier, weil ich deine Hilfe brauche. Ich bin zu alt, um mir das Chaos, dass junge Gargoyles unweigerlich auf einer Baustelle anrichten, anzutun. Ich wünsche, dass du jene Gargoyles, die wir in den nächsten Jahren hier schaffen werden, betreust. Du wirst dafür sorgen, dass sie keine Dummheiten begehen und dass keiner von ihnen in irgendwelchen Raufereien zu Staub zerfällt. Ich erwarte, dass du ihnen allen eine Mutter bist. Im Gegenzug werden wir die neuen Wasserspeier so schaffen, dass sie diese Bezugsperson auch in dir sehen." Michelinda fiel beinahe der Becher aus der Hand. Sie wandte sich dem älteren Mann erstaunt zu. Davon, dass eine Gargoyle über die nach ihr Erschaffenen wachte, hatte sie noch nie gehört.

Diese Aufgabe gefiel ihr. Endlich würde sie zu etwas nutze sein.

Und wenn der Baumeister nicht log, dann würden die neuen Wasserspeier sie nicht von vornherein verachten, sondern sie als ihresgleichen annehmen. Immerhin würden diese Michelinda ja von ihrem ersten Tag an kennen. Sie würde da sein, wenn deren Seelen aus dem Stein geschnitten wurden. Und sie würde sie betreuen, wenn sie herausgebildet wurden, wenn sie ihre Charaktere bekämen.

„Ich würde die Aufgabe sehr gerne annehmen, verehrter Meister. Und ihr glaubt, dass es wirklich funktioniert, es ihnen schon vom Steinblock an begreiflich zu machen, dass ich eine von ihnen bin und ihnen nichts Böses will?" der Meister nickte.

„Wir lernten diese Kunst von einem Baumeister aus dem fernen Burgund. Dort ist es seit Ewigkeiten üblich, erst einen Wasserspeier zu schaffen, der in seiner Form ein friedliebendes Wesen innehat. Dieser wird als Erzieher und Bewacher der ihm folgenden Gargoyles fungieren, bis jene in ihrer Art gefestigt und erwachsen sind. Diese Fähigkeit haben nur recht wenige. Und ich empfinde es als absoluten Glücksfall, dich entdeckt zu haben, die du in deiner Art schon von Natur aus Mutter und Schwester bist. Es ist mir eine große Ehre, dich als die erste dieses Hauses zu erwählen."

Brich an, du schönes Morgenlicht

Niemals hätte Michelinda es für möglich gehalten, dass es so wundervoll sein könnte, im Inneren einer Kirche zu existieren. Aber hinter ihr gab es ja auch ein Fenster, durch das Licht und sogar der Wind hereinkommen konnten. Manchmal sprühte auch ein wenig Regen bis zu ihren Füßen, und das war einfach wunderbar.

Auch wenn der Pastor zu ihrem Leidwesen immer wieder einmal davon redete, die Fenster endlich mit Glas- oder gar Alabasterscheiben zu versehen.

Im Unterschied zum Dasein in ihrer ursprünglichen Heimat trug sie jetzt die Verantwortung für zwei gute Dutzend Wasserspeier in den unterschiedlichsten Formen. Es gab einen Drachen, mehrere Schlangen, drei angsteinflößend wirkende Dämonen und eine Reihe anderer grobschlächtiger Gesellen.

Allen gemeinsam war, dass sie, im Gegensatz zu Michelinda, wirklich für den Abtransport des überschüssigen Regenwassers verantwortlich waren. Und sie alle sahen Michelinda trotz ihrer sogenannten Nutzlosigkeit als eine Person an, um deren Rat man in jeder Lebenslage nachsuchte.

Sie selber war völlig zufrieden damit, im Inneren der nagelneuen Kirche auf ihrem Podest den Tag zu verbringen. Im Gegensatz zu früher störte es sie überhaupt nicht mehr, dass sie anders war.

Die Wahrheit war, es schien den anderen Gargoyles überhaupt nicht aufzufallen. Oder es war ihnen einfach nur egal. Sie war eben so und das war gut.

Das Einzige, womit sie hin und wieder aufgezogen wurde, waren ihr Akzent, sowie die Art und Weise, wie sie ihre Worte gestikulierend begleitete.

Während die neu geschaffenen Figuren in ihren nächtlichen Formen die breite weiche Aussprache der Region angenommen hatten, war Michelindas Aussprache nach wie vor von ihrer oberitalienischen Heimat geprägt. Zwar beherrschte sie die deutsche Sprache inzwischen ausreichend um nicht lange nach den passenden Begriffen suchen zu müssen, aber die Worte hatten einen harten Klang. Ihre Wasserspeier liebten es, ihre Sprechweise nachzuäffen, indem sie jedes Wort mit reichen Gesten untermalten.

Was bei einem Dämon, der mit Tentakeln anstatt Armen ausgestattet war, ziemlich witzig wirkte. Vor allem, wenn Krakor sich dabei wieder einmal hoffnungslos verknotete, sodass er von den anderen mühsam wieder von sich selbst befreit werden musste. Das letzte Mal hatte er einen der Saugnäpfe eines der Tentakel gar dem armen Küster ins Gesicht gepflanzt. Der Mann war tagelang mit einem gewaltigen Veilchen herumgelaufen. Wenn Michelinda es sich recht überlegte, vermisste sie es überhaupt nicht, in der Zunge ihrer Herkunftsregion zu reden.

Wobei sie zu ihrer übergroßen Freude festgestellt hatte, dass der Pfarrer, der die neu gebaute Kirche

45

übernommen hatte, ganz genauso auf Latein predigte wie es die Geistlichen in Italien getan hatten.

Und genau wie jene, lies auch er sich hin und wieder herab, in eben jener Sprache ein Pläuschen mit Michelinda abzuhalten.

Dann konnte sie zwar prompt damit rechnen, zur Nacht hoffnungslos von ihren Gargoyles aufgezogen zu werden, dass sie etwas Besseres zu sein glaubte, aber dieses Necken gefiel ihr sehr. Genauso sehr wie die Gespräche.

Denn es gab einen ganz gewaltigen Unterschied zu den Gottesdienern ihres alten Zuhauses.

Hier die sahen die Gargoyles nicht als niedriger geborene Lebensformen an, sondern behandelten diese auf Augenhöhe. Ganz allgemein schienen die Wesen der magischen Existenzen hier enger verwebt mit dem zu sein, was die christlichen Kirchen predigten. Nicht nur einmal hatte sie in der Gruppe der Gläubigen die ein oder andere Hexe bemerkt. Und draußen auf dem Kirchhof hatten sich mehrere Vampirfamilien in den geräumigen Grufthäusern eingerichtet. Solange diese kein Blutbad unter den Kirchgängern anrichteten, ließ man sie in Ruhe.

In jeder einzelne Nacht sah Michelinda hinauf zu den Sternen und suchte jenen gleißend hellen Punkt, zudem sie, seit sie ihn entdeckt hatte, allnächtlich aufgesehen hatte. Diesem winzigen Lichtpunkt hatte sie all ihre Wünsche und Hoffnungen anvertraut.

Sie hatte ihm von ihren Ängsten berichtet und den Verletzungen die ihr in den letzten Jahren zugefügt worden waren.

Jetzt schaute sie immer dann, wenn sie nach Einbruch der Dunkelheit aus der schmalen Seitentür der sogenannten Frauenkirche trat, automatisch nach oben und begrüßte diesen weit entfernten Stern.

Pastor Johannes hatte ihr erklärt, das ist ebenfalls ein Stern gewesen war, der die Geburt des Sohnes das allmächtigen Gottes angezeigt hatte. Es war auch ein leuchtender Stern mit einem langen Schweif gewesen, der drei heilige Männer zur Wiege des Jesuskindes geführt hatte.

Insoweit befand sich Michelindas Stern offenbar in allerbester Gesellschaft. Ihr gefiel die Vorstellung, dass ein solch weit entferntes Gestirn Einfluss hier auf Erden haben konnte.

Der Kirchenmann hatte ihr auch erklärt, dass man zu Ehren das Geburtstages des Jesuskindes den Heiligen Abend, als Auftakt der Weihnachtsfeiertage, beging.

An diesem Abend war nämlich der Stern erschienen, welcher diese drei Heiligen Könige zum Sohne Gottes geführt hatte. Aus diesem Gesichtspunkt hatte sie die Weihnachtsfeierlichkeiten noch nie betrachtet. Klar, ein Stern spielte dabei immer eine Rolle, aber darüber nachgedacht hatte sie noch nie.

Der Morgenstern ist aufgedrungen

Das allererste Weihnachtsfest nach der Weihe der neuen Kirche war inzwischen nicht mehr fern. Michelinda konnte es kaum erwarten herauszufinden, welche Lieder gesungen würden und was Herr Johannes zu diesem Anlass in seiner Predigt erzählen würde.

So sehr sie sich darauf freute, von einem Ereignis zu hören, das ebenfalls von einem Stern geleitet wurde, so sehr wunderte sie sich.

Das was nämlich in den Kirchen erzählt wurde, passte zu großen Teilen so gar nicht zudem was rundum geschah. Sie hatte den Pfarrer gefragt, warum in den Gottesdiensten nie auf die offensichtlichen Geschehnisse hingewiesen wurde.

Man überging, was in den Gassen und Häusern wirklich vor sich ging, wenn die Zeit der Weihnacht nahte.

Lag doch das Weihnachtsfest ziemlich genau auf ganz besonderen Tagen. An denen feierten die ihr bekannten magischen Wesensarten.

Und, wenn man den Gerüchten glauben durfte, zelebrierten auch viele der einfachen, ungebildeten Dorfbewohner aus der weiteren Umgebung der Stadt die längsten Nächte des Jahres und damit die Wiederkehr des Lichts.

Sie hatte höchstpersönlich beobachtet, wie die Bewohner der Gassen um die Frauenkirche sich der uralten Bräuche befleißigten, die umso vieles älter waren als der Glaube an den Christengott.

Die Menschen fürchteten die Wilde Jagd, welche während der Raunächte durch die Straßen und Höfe fegte. Sie zündeten Lichter gegen die Dunkelheit an und ließen die Wäsche drinnen trocknen, damit die Jagd sich nicht in den Laken und Hemden verfangen konnte.

An den Kreuzungen wurden während dieser magischen Nächte sogar die teuren Wachslichter entzündet, da die Mägdlein auf diese Weise herauszufinden hofften, ob sie im nächsten Jahr einen Liebsten finden würden. So verwurzelt der christliche Glaube in den Herzen der Dresdner war, so glaubten sie doch tief in ihren Herzen ebenso an die alten Götter der Natur.

Während der Bauzeit der Kirche hatte Michelinda diese ganz besondere Gemeinschaft der Ewigen kennengelernt, die für solche Handlungen der Städter und Dörfler verantwortlich zeichnete.

Die sogenannte Wilde Jagd zog nämlich tatsächlich, während der für die christliche Kirche so wichtigen Feiertage, mit Gebrause und Sturmgeheul über die Dächer und durch die Gassen der Stadt.

Und das taten sie nicht nur des Nachts, sondern hin und wieder fiel die wilde Meute auch in den düsteren Nachmittagsstunden durch die Stadtmauern herein und trieb allerlei Schabernack mit jenen, wie sich trotz des schlechten Wetters im Freien aufhielten.

Hatte sich Michelinda beim ersten Mal noch ziemlich erschrocken, als die wild ausschauenden Gesellen in den Hof der Bauhütte eingefallen waren, so hatten sich im Laufe der Zeit einige lose Freundschaften mit den Jägern entwickelt. Heute freute sie alljährlich darauf, die Erzählungen von Sturmreisen und kleinen Missetaten der so verschiedenen Mitglieder zu hören.

Insbesondere die uralte Frau Holle mit ihrem allzeit verschmitzten Lächeln im Gesicht, welche die Jagd traditionell anführte, fand sich jedes Mal bei Michelinda auf einen kleineren oder größeren Schwatz ein.

Es waren hauptsächlich Wesen der Lüfte, die mit der wilden Jagd zogen und in vielen Gegenden nicht nur Dummheiten anstellten, sondern auch wirklich und wahrhaftig die Zukunft voraussagten.

Wer schlau war und die Zeichen richtig deutete, dem wurde gewahr, was das neue Jahr brachte.

Davon abgesehen, waren die zur Jagd gehörigen weißen Frauen und Windgeister ein unerschöpflicher Quell an Neuigkeiten aus der Nähe und der Ferne. Allerdings hatte es etwas gedauert, bis Michelinda das Vertrauen der Jagenden erreicht hatte. Frau Holles Gefolge war jenen, die in und auf Kirchen wohnten, gegenüber ziemlich skeptisch eingestellt.

Laut ihrer Aussage negierte die christliche Kirche die alten Gebräuche einfach und das konnte einfach nicht geduldet werden.

Man überschrieb die alten Feiertage einfach mit neuen christlichen Gebräuchen und hielt die Menschen dazu an, die alten Feste zu vergessen. Und genau dieses Thema war ein dauerhafter Quell der Streitgespräche zwischen Michelinda und Pastor Johannes.

Erst letztens hatte dieser ihr vorgeworfen, dass, wenn sie so weitermachte, ihr Vorbild die Michelinda von Malatesta, niemals heiliggesprochen würde. Es wäre ihre Schuld, wenn der Vatikan die ursprüngliche Michelinda als gotteslästerliche Person in der Beachtung beiseiteschieben würde.

Was Michelinda aber inzwischen vollkommen egal war. Immerhin war sie in ihrer alten Heimat so sehr beachtet worden, dass man sie einfach weggegeben hatte. Wenn man so mit Heiligen umging, dann wollte sie keine sein. Darauf konnte sie echt verzichten.

Ihre neue Stellung als Vertraute der hier lebenden Gargoyles war ihr um Welten lieber als das von den Mitwesen missachtete Dasein in ihrem alten Zuhause. Wenn es bedeutete, lieber mit Frau Holle und ihren Jägern abzuhängen, anstatt mit den Heiligenfiguren nächtliche Choräle anzustimmen, dann war es eben so. Sie selber sah sich als Kind der christlichen Kirche, aber jeder entwickelte sich, wie die Schicksalsgöttinnen der alten Geschichten es bestimmten. Oder eben, welchen Einfluss das Gebaren von Nichtsehenden und Ungünstigen auf ein Wesen hatte.

1723

Die Kirche füllte sich und obwohl es draußen bereits dunkel geworden war, stand Michelinda stocksteif auf ihrem Podest. Wenn in der Adventszeit des Abends Gottesdienste abgehalten wurden, dann war es ihre Pflicht als Statue auszuharren.

Davon abgesehen, fand sie jedes Mal auf einer schmalen Ablage unter dem Fenster ihrer Nische ein Körbchen mit feinstem Quarzkies vor. Um ihre Lieblingsleckerei so mundgerecht knabberbereit serviert zu bekommen, blieb sie doch sehr gern ein oder zwei Stündchen länger stillstehen.

Noch während der kleine Chor, dessen Sänger aus der Kreuzkirche ausgeliehen worden waren, unter der Leitung des von ihr verehrten Kantors Reinhold ein Gebet sang, schlug die aus dicken Eichenbrettern gefertigte Seitentür der Frauenkirche auf. Was an sich kein Wunder war, verfiel ihre geliebte Kirche doch mit jedem Jahr ein wenig mehr. Und das ursprünglich recht massive Schloss des Seiteneingangs war schon letzten Winder völlig verrostet abgefallen.

Eine sogar für Dezemberverhältnisse recht heftige Sturmböe brach herein. Matschiges Laub wehte in das erleuchtete Innere der Kirche. Michelinda spürte, dass sich jemand von hinten an sie klammerte.

Reglos ließ sie es über sich ergehen, dass sich ein nasser Leib zitternd hinter sie kauerte und mit den Armen um ihre Beine griff. Zum Glück war sie bereits in ihrer Nachtform und das Wesen, dass sich an sie presste, hatte die Hände unter ihre Röcke geschoben, sodass es von vorn nicht sichtbar war. Das leichte Wehen und Rascheln des Stoffs war über die Melodien des Chores zum Glück nicht zu hören.

„Geh. Ich treffe dich draußen." Die Arme lösten sich und ein weiterer Windzug schoss durch den Altarraum. Die Gewänder der Chorknaben blähten sich auf und der Schal wehte Meister Reinhard vor das Gesicht.

Pastor Johannes eilte zur Tür, schob diese zu und einen bereitliegenden Keil darunter. Normalerweise hielt das so ganz gut, aber in dieser Nacht war der Wind einfach zu stark. Roman, einer der Gargoyles vom Dach, der sich nur zu gern in die späten Andachten schmuggelte, erhob sich aus der Bank und lehnte sich gegen die widerspenstige Tür, bis die letzten Warte des Gottesdienstes verklungen waren.

Sein halbwegs menschliches Erscheinungsbild ließ ihn sich unauffällig zwischen den Gemeindegliedern bewegen. Solange niemand genauer hinschaute und die Klauen entdeckte, die seine Finger krönten.

Und das ausgeprägte Raubtiergebiss mit den überlangen Hauern. Aber Roman war so schlau, einfach die Klappe zu halten, wenn sich Menschen näherten.

Was man nicht von allen seiner Mitgargoyles sagen konnte, denn mit Schrecken entdeckte Michelinda, dass

53

Krakor und dessen beste Freunde Zwick und Zwack sich ebenfalls eingeschlichen hatten. Dieses Dreigestirn war allerdings mitnichten auch nur im Ansatz gesellschaftsfähig.

Das Trio trieb sich im Schatten an der Michelindas Podest gegenüberliegenden Wand herum. Mit denen würde sie nachher ein ernstes Wörtchen reden müssen. So ging es nicht. Zumal sie dieses Thema schon unzählige Male durchgekaut hatten. Wasserspeier, die keine menschenähnliche Statur aufwiesen, hatten in den Andachten nichts verloren.

Vor allem, weil sie gerade in diesem Augenblick beobachtete, dass Krakor einen Tentakel in der Tasche des Mantels einer der Kaufmannsgattinen der Gemeinde versenkte und einen kleinen Beutel zutage förderte. Während Michelinda innerlich schäumte, schob Krakor den Beutel in die Manteltasche des zugehörigen Kaufmanns. Was nun wieder echt witzig war, denn diese hatte ihrem Mann erst zu Beginn der Andacht zwei kleine Münzen zugesteckt. Alle wussten, dass die resolute Elisabetha mit harter Hand über ihren Angetrauten regierte und ihm nur hin und wieder einige Münzen gönnte, die er im Wirtshaus verbraten durfte.

Später in der Nacht würde nun, zur großen Freude der Gargoyles vom Kirchendach, das Keifen der Elisabetha über den Kirchhof und die Frauenkirche hallen, wenn ihr Richard sturzbetrunken nach Hause gewankt kam.

Wenn es kalt wird auf der Welt

Die Gerüchte und das, inzwischen recht laute, Flüstern ließen nicht nach.

Jede Nacht erreichten neue, fast immer hinter vorgehaltener Hand geflüsterte, Berichte von angeblichen Gräueltaten Michelindas Ohren.

Daher wunderte es sie mitnichten, dass sie das Ende der Andacht mit gemischten Gefühlen erwartete.

Denn irgendetwas musste daran sein, da es inzwischen schon ziemlich auffällig geworden war, dass immer wieder Mitglieder der magischen Gesellschaft urplötzlich verschwanden und nicht wieder auftauchen. Bislang hatte es keine Lebenszeichen der Verschollenen gegeben. Niemand wusste, was sich hinter dem Verschwinden verbarg. Zufälle konnten es nicht mehr sein, dafür waren es zu viele Wesen, die von einer Nacht auf die andere nicht mehr aufzufinden waren.

Erst gestern war einer der Gargoyles, die neben der Kirche in einem aus Holz zusammengezimmerten Schuppen wohnten, nicht von seiner nächtlichen Vergnügung heimgekehrt. Was für einen Gargoyle eine absolut lebensbedrohliche Situation darstellte, denn versteinerte er an einem ungeschützten Ort, war die Gefahr zerstört zu werden unendlich groß.

Michelinda trat durch das Seitentor auf den Kirchhof und nahm mit großen Schritten Ziel auf das derzeitige Zuhause ihrer Gargoyles.

Nächtens trieben sich die Steinernen zwar nach wie vor auf dem Dach der Frauenkirche herum, aber lange würde das nicht mehr geduldet werden. Jeden Morgen lagen, nach den Ausschweifungen der Nacht, Bröckchen vom Putz und Steinchen aus der Kirchendecke am Boden und der Dreck musste vom Küster zusammengefegt und herausgebracht werden.

Seit sie aus der zunehmend baufällig gewordenen Kirche ausgezogen waren, gab es daher tagsüber nur noch den Schuppen, der ihnen ein Obdach bot.

Vor einem Jahr hatte man begonnen, den baufällig gewordenen Turm der Frauenkirche und einen Teil des alten Rippengewölbes abzureißen, nachdem gefährlich große Steine auf die Besucher eines Gottesdienstes gefallen waren und eine junge Frau verletzt worden war. Sämtliche Bewohner des Daches waren augenblicklich ausgesiedelt worden. Ob und wann diese wieder ihre Plätze auf und in dem gerade in der Planung befindlichen Neubau einnehmen konnten, stand noch in den Sternen. Wenn diese denn zu sehen waren. Michelinda trat in die feuchte Nacht hinaus.

Obwohl ihr Blick sogleich nach oben glitt, wußte sie, dass sie ihren Stern dieses Mal nicht zu Gesicht bekommen würde. Dicke Wolken, die von aufziehendem Regen kündeten, rasten über den spätabendlichen Himmel Dresdens hinweg.

„Michelinda. Hast du meinen Gemahl gesehen?" Ariane, die Partnerin des Christoph von Pleisnitz und Vampirin vom Kirchhof, klang ziemlich verängstigt.

Michelinda hatte sie bereits erkannt, als diese sich in der Kirche an ihre Beine geklammert hatte. Am liebsten hätte sie sich nun die Ohren zugehalten und so laut sie konnte eines der Lieder des Chors gesungen. Sie wollte nicht hören, was Ariane zu sagen hatte.

Aber sie widerstand dem Drang und wandte sich der Vampirette zu, die verzweifelt die Hände wrang.

„Christoph ist heute Morgen nicht nach Hause gekommen. Ich habe schon sämtliche Grüfte durchsucht, es gibt hier keine Spur von ihm. Bitte sag, mir, dass er bei Bekannten übernachten musste, weil es zu spät geworden ist. Bitte."

Das heimliche Labyrinth von alten und neueren Begräbnisstätten, dass unter der alten Kirche hindurch mäanderte, war so gut erhalten, dass es den neuen Bauherren bislang noch gar nicht aufgefallen war. Mehrere Familien der lokalen Vampirgemeinschaft hatten es sich dort seit einigen hundert Jahren gemütlich eingerichtet. Die von Pleisnitzens lebten allerdings erst seit kurzen da drinnen, nachdem das geräumige Grufthaus der Familie auf dem Kirchhof abgerissen worden war, um Platz für die neue Kirche zu schaffen.

„Es tut mir so leid. Ich bin auch gerade erst erweicht. Ich kann dir nur so viel sagen, dass er heute nicht im Schuppen übertagt hat. Aber Zwock ist ebenfalls nicht aufgetaucht. Hoffen wir mal, dass sie irgendwo gemeinsam ein sicheres Versteck gefunden haben." Wenn Michelinda auch nicht wirklich daran zu glauben wagte. Es war nun Fakt, irgendetwas ging hier vor.

Christoph von Pleisnitz war die Zuverlässigkeit in Person, was ihm den Spitznamen „Preußischer General" eingebracht hatte. Wenn der Vampir nicht zu seiner Frau heimgekommen war, dann war das niemals freiwillig geschehen. Michelinda überredete Ariane, bei den Resten der ehemaligen Familiengruft der von Pleisnitzens auf das Wiederauftauchen ihres Gatten zu warten. Zeitgleich befahl sie drei ihrer zuverlässigsten Gargoyles zu sich. Gerold, Zwick und Zwack waren eindrucksvolle Gestalten. Der eine ein Mann von stattlicher Gestalt und die anderen das, was man zur Bauzeit der alten Kirche als Höllenmonster angesehen hatte. Als Luzifer das erste Mal zu Besuch gekommen war, um die Raunächte auch einmal in Sachsen zu begehen, war sie vor Lachen kaum in der Lage gewesen, auf ihrem Stuhl sitzen zu bleiben. Zwar war Zwack ungefähr einhundert Jahre eingeschnappt gewesen, aber heute verstanden sich das Monster und die Lichtbringerin aus der Hölle hervorragend.

Michelinda gebot den Gargoyles, mit ihr durch die nächtlichen Straßen zu gehen und Ausschau nach den Vermissten zu halten.

Vor allem, da der vermisste Zwock das Ebenbild von Zwick und Zwack war und die drei auch so ein Band verband, dass unzertrennbar war. Immerhin waren sie aus demselben Block geschnitten worden.

Weit kamen sie nicht, als schon in der ersten Gasse eine feste Hand Michelinda in einen dunklen Hausflur zog. Eine weitere Hand legte sich gleichzeitig über ihren Mund.

„Seid ruhig, wenn euch eure Freiheit lieb ist." Michelinda entspannte sich ein wenig und nickte zum Zeichen, dass sie verstanden hatte. Baso von Hohenfels löste seinen Griff. Der eindrucksvolle Wasserspeier war am sogenannten Zwinger zu Hause, wo er gemeinsam mit Zerbera, seiner Höllenhündin, lebte und täglich versteinerte. Baso deutete auf ein schmales, vom Schmutz der Gasse halbblindes Fenster, dass neben der Tür in die Wand eingelassen war. Gerold schaute hindurch und schluckte sogar für Michelinda sichtbar.

„Bei allen Feuern der Hölle."

„Was ist da los?"

„Sie jagen Menschen." Baso zog Gerold zurück aus dem Sichtbereich des Fensters und Michelinda schnappte sich flink Zwick und Zwack, die bereits dabei waren, die Tür wieder aufzuziehen. Baso lehnte sich gegen die marode Haustür, um diese zu sichern.

„An eurer Stelle würde ich ganz brav da bleiben, wo ich bin. Da draußen marodieren vollkommen enthemmte Vampire, die es allnächtlich darauf abgesehen haben, so viele Menschen wie möglich zu wandeln. Merkt es euch, Dresden ist nicht mehr sicher, jedenfalls nicht nach dem Einbruch der Nacht. Zu viele neu gewandelte und nicht in die Lebensweise eingewiesene Vampire sind da draußen unterwegs. Es gibt viel zu viel vergossenes Blut und Tränen der Überlebenden. Auf den Straßen herrscht ein Krieg der

59

Vampire gegen die Menschen. Aber nicht nur das. Irgendetwas Größeres ist im Busch. Wenn ich es nur zu fassen bekäme. Zerbera hat untertags eine Nachricht an Luzifer gebracht, vielleicht kann die Lichtbringerin ein wenig Helligkeit ins Dunkel bringen."

„Baso, du weißt davon, dass täglich Wesen verschwinden? Einer meiner Gargoyles und jemand aus der Vampirgemeinschaft der Frauenkirche sind nicht nach Hause gekommen. Da geht etwas vor, das Bedeutender ist als eine Gruppe Roughs, die unschuldige Menschen wandeln." Wie er es eben schon erwähnt hatte. Baso hob einen stämmigen Zeigefinger an die Lippen, um Michelinda zu bedeuten, zu schweigen. Verflucht nochmal, jetzt konnte sie es ebenso hören. Mehrere Vampire näherten sich dem Haus. Gleich darauf wurde die Haustür aufgestoßen. Im allerletzten Moment hatte Baso Michelinda beiseite gezogen, so dass beide zwar das Türbrett vor die Nase geschleudert bekamen, aber von dem Eindringling unentdeckt blieben. Zumindest hatten sie das für einen Augenblick geglaubt.

Wären sie nämlich hörten, wie mehrere der Eindringlinge zur ersten Wohnungstür auf der der Haustür gegenüberliegenden Seite des Flurs stürmten, wurde das Türblatt mit einem resoluten Griff von der Wand weggezogen und die Tür ins Schloss geknallt.

„Was haben wir hier denn Zauberhaftes? Eine steinerne Schönheit. Du kommst mir gerade recht. So etwas wie dich suche ich schon seit Tagen."

Mit Ernst, Ihr Menschenkinder

Michelinda verlor den Boden unter den Füßen als der offenbar geflügelte Vampir um sie herumgriff und vom schmutzigen Boden abhob.

Nur ein Wimpernschlag später kreiselte Michelinda um einen angelaufenen Kronleuchter, den wohl irgendjemand als schlechten Scherz im Treppenhaus des heruntergekommenen Mietshauses aufgehangen hatte. Kerzen steckten jedenfalls keine in dem Ungetüm aus fleckigem Messing, dafür hatten einige Spinnen ihre Netze zwischen den Armen gewebt und sorgten dort sichtbar für zahlreichen Nachwuchs. Zwischen den tausenden Jungspinnen entdeckte Michelinda, nicht, dass es wichtig gewesen wäre, immer wieder Kokons mit eingesponnen Fliegen und anderen Insekten, welche den Spinnenkindern offenbar als Nahrungsvorrat dienten.

Zu ihren Füßen, eigentlich sogar ziemlich weit unten, jedenfalls nach Ihrem Geschmack, sprang Baso auf und ab. Wie Michelinda erst in diesem Augenblick einfiel, war von Zwick und Zwack nichts zu sehen oder zu hören. Sie hoffte für die kleinen Monster, dass sie es geschafft hatten, zu entkommen.

„Lass sie vor sofort herunter. Sie geht dich gar nichts an." Basos Befehlston, der schon ganze Garnisonen an Soldaten zum Zittern gebracht hatte, verhallte in dem dunklen Treppenhaus ungehört.

Der Vampir lachte sich sogar scheckig. Er schien es regelrecht lustig zu finden, dass einer wie Baso gezwungen war, sich völlig entgegen seiner Art zu bewegen. Er schwenkte Michelinda über Basos Kopf im Kreis, dass ihr nun wahrhaft übel wurde.

„Ach wie schön, der gefühllose Steinklotz sorgt sich und sein Liebchen. Na? Was macht es mit dir, wenn ich sie einfach mitnehme? Weinst du dann Kieselsteine? Das macht es ja noch sooo viel spannender. Ich glaube ganz fest, dass sie die neue Favoritin der Madame werden wird." Der Vampir griff mit einer Klaue unter Michelindas Kinn und drehte ihren Kopf zu seinem Gesicht.

„Sie wird es lieben, dich zu der ihren zu machen. Sagst du mir auch deinen Namen mein Schatz?"

Nur über ihre Leiche! Michelinda begann zu zappeln und ganz bewusst sämtliches Gewicht in ihrer Körpermitte zu sammeln. Wenn sie ihr kristallines Gefüge schaffte entsprechend zu verschieben, dann würde ganz vielleicht ihr Gürtel reißen und sie dadurch freikommen. Mit einem keckernden Lachen veränderte der Vampir seinen Griff um ihre Taille.

Welche Kräfte auch immer der Mistkerl hatte, sie kam nicht dagegen an. Während irgendwo im Haus Menschen vor Angst und Schmerzen schrien und unter ihnen Baso versuchte, so hoch wie möglich zu springen, schleppte der Vampir Michelinda zur Hintertür hinaus auf einen trostlosen Hof.

Überall lag Müll herum, an einer Seite stapelten sich kaputte Kisten. Es stank erbärmlich nach Fäkalien und altem Urin. Ein lederner Eimer, den ein großes Loch zierte, wurde vom Wind über die freie Fläche gerollt. Mittendrin standen einige leere Töpfe, die offenbar Erde enthielten. Vielleicht bauten die Frauen hier über das Sommerhalbjahr zumindest einige Kleinigkeiten für die Küchen an.

Aber jetzt, im Dezember, waren die Bottiche leer und verwaist. Der Vampir zögerte gar nicht. Ihm schien der Zustand des Gebäudes und des Hofes völlig gleich zu sein. Er flog in engen Spiralen immer höher, bis sie weit über den Dächern des Armenviertels schwebten. Der Mistkerl beschleunigte mit drei kräftigen Schlägen seiner ledrigen Schwingen und die Stadt unter ihnen verschwamm vor Michelindas Augen.

Nur kurze Zeit später bremste er ab und sie erkannte, dass sie das Schloss des Kurfürsten überflogen hatten und nun Kurs auf die Fürstlichen Stallungen nahmen. Hinter den Gebäuden, in denen die Pferde Augusts, seine zahlreichen Kutschen und im Obergeschoss die Knechte und Mägde untergebracht waren, landete der Vampir mit Michelinda im Arm.

Mehrere bullig gebaute Knechte erschienen augenblicklich aus der Tür eines unauffälligen Bauwerks mit großen Fenstertüren, das hinter den Stellungen ein etwas schmuddeliges Dasein fristete.

„Du bringst endlich Nachschub für die Herrin? Das wird auch Zeit. Wenn du deine Aufgabe nicht erledigen

63

kannst, dann sag es gleich. Sie entbindet dich gewiss sehr gern davon."

Michelinda spürte, wie sie in die Arme der beiden kräftigen Männer gestoßen wurde. Als sie versuchte sich zu wehren, stellte sie fest, dass es sich mitnichten und schlichte Menschen handelte.

Es waren Ihresgleichen, deren Hände sich wie eiserne Zwingen um ihre Arme gelegt hatten.

Michelinda hatte keine Chance zu entkommen.

Im Inneren des Gebäudes brannten unzählige Kerzen. Raumhohe Spiegel an allen Wänden vervielfältigten die Lichter und sorgten dafür, dass der ballsaalgroße Raum beinahe taghell erleuchtet war.

Michelindas Inneres gefror, als sie sich umsah. Jemand hatte in dem modern geschnittenen Saal eine wahrhaftige mittelalterliche Folterkammer aufgebaut. Es gab eiserne Käfige und martialisch anmutende Ketten. Auf einem Stuhl saß ein junger Mann, dessen Beine so weit zu den Seiten aufgedehnt worden waren, dass er vor Schmerzen schrie. Sein Oberkörper war nackt und die Reste der Hose hingen in Fetzen über seinen Unterleib. Über ihm schwebte in Ketten eine junge Frau, die nur ein verschlissenes Hemd trug. Vor den beiden hatte sich eine edel gewandete Dame aufgebaut. Sie trug eine blütenweise, hoch aufgetürmte Perücke, in welche zart rosafarbene Seidenblumen eingeflochten worden waren. Ihr elegantes Reitkostüm war aus feinstem Brokatstoff gefertigt und schillerte in den Farben eines Teichs im Sonnenlicht.

Langsam wandte sie sich ihren Opfern ab und Michelinda, sowie dem Vampir zu.

„Oh Jakobus mein Bester! Bringst du mir ein neues Spielzeug? Und wie schön sie ist!" die grün gekleidete Frau umrundete Michelinda die nach wie vor von den beiden Gargoyles festgehalten wurde.

„Was ist sie? Ihre Haut ist die einer Steinernen. Ihre Gestalt ist die einer Heiligenfigur. Ich bin verwirrt und begeistert!"

„Glaubt es mir, Madame, sie ist eine Steingeborene. Und ich weiß aus sicherer Quelle, dass der Heilige Stuhl gerade diskutiert, dass sie seliggesprochen werden soll. Eine solch demütige und reine Seele müsste Euch doch einiges wert sein, oder? Vor allem, wenn sie die Agilität einer Gargoyle mit dem Gewissen einer Heiligen verbindet?"

Michelinda erstarrte im Griff der beiden Gargoyles. Sie solle nun doch seliggesprochen werden? Nach all den Jahrhunderten? Klar, es hatte Gerüchte gegeben. Aber daran geglaubt, hatte Michelinda nicht mehr.

Vor allem, da es ihr nach dem Umzug nach Dresden so ziemlich egal geworden war. Sie hatte ihren Platz in der Gesellschaft gefunden. Es war für sie einfach unwichtig. Aber für die Dame in Wassergrün spielte es augenscheinlich eine große Rolle, da deren Augen in tiefer Verzückung aufleuchteten.

„Oh. Oh ja. Und sie ist wirklich eine echte Gargoyle? Nicht so eine steife Heiligenfigur?" Die Dame umrundete Michelinda und ihre Wärter. Sie hob eine

65

ihrer perfekt manikürten Hände und kniff Michelinda ins Hinterteil.

„Wie schön. Endlich hast du auch mal mitgedacht. Das ist die Qualität, die ich suche. Sie wird mir viel Freude bereiten."

Der Jakobus genannte Vampir verneigte sich, während er ihr die geöffnete Handfläche entgegenhielt. Die Dame griff durch eine offene Naht im Rock in ihr schmal geschnittenes Panier, welches ihr offensichtlich als Tasche diente, und zog einen kleinen, prall gefüllten Seidenbeutel heraus, den sie klimpernd in seine Hand gleiten ließ.

„Bringt sie in den Sonnenkäfig!"

Ihre Bewacher zerrten sie in den hinteren Teil des Saals, wo vor der Wand eine Reihe Eisenkäfige aufgestellt waren. Einige waren mit schwarzen Laken abgedeckt worden, andere standen vor großen, bodentiefen Fenstern. Und noch mehr Käfige, kleinere allerdings, hingen an Ketten von der Decke. Auch diese waren mit Tüchern abgedeckt worden und schaukelten nur leise an den Ketten quietschend vor sich hin. Michelinda wurde in einen größeren Käfige gestoßen, der vor einer der Fenstertüren aufgebaut war.

Maria durch ein Dornwald ging

Michelinda hätte laut geheult, wenn sie nur gekonnt hätte. Ihre Situation war ihr nur zu gut bekannt, wenn auch nur als weit entferntes Echo ihres Vorbilds. Die lebendige Michelinda war zu Lebzeiten ebenfalls angekettet gefangen gehalten worden. Nachdem erst Michelindas Gemahl, mit dem sie acht lange Jahre vermählt gewesen war und gleich darauf ihr einziger Sohn verstorben waren, hatte sie Zuflucht in Gottes Worten gefunden und sich den Franziskanerinnen angeschlossen. Soweit so gut. Aber die Eltern, die sie nach dem Tod ihrer Liebsten nicht wieder zu sich hatten nehmen wollen, glaubten nun wieder in falscher Fürsorge, dass sie der Tollheit verfallen sei und ließen sie in Ketten legen und in einen Turm sperren. Erst einige Jahre später war ihr Vorbild freigekommen und dann auf eine ausgedehnte Wallfahrtsreise gegangen, die sie bis ins Heilige Land geführt hatte. Aber von der Freiheit zu reisen konnte Michelinda heute nur träumen. Sie hing, von armdicken Ketten gehalten, gebückt, mit dem Kopf durch die Beine blickend, in ihrem Gefängnis, während die matte Dezembersonne durch die weit geöffneten Türen strahlte. Die Arme hatten sie ihr hinter dem Rücken zusammengebunden und nach oben gezogen.

Fest in diese entwürdigende und schmerzhafte Haltung gezwungen, war sie mit dem ersten Strahl der Sonne kristallisiert.

Aber das war nicht das Schlimmste.

Sie, die einer Person des festen Glaubens nachempfunden war, stand mit hochgeschlagenen Röcken vor Krakor, einem über sie gebeugten Gargoyle in Krakenform, dessen einer Tentakel in ihrem Mund steckte. Beide waren für den Rest des Tages gezwungen, so auszuharren. Wobei Michelinda noch froh darüber war. Was sie in den vergangenen Tagen zu sehen bekommen hatte, war schier unglaublich und schrecklich gewesen. Die Madame, wie sie von allen Wesen im Saal genannt werden musste, hatte eine wahrhaft abartige Ader. Sie liebte es, Schmerzen zuzufügen. Und damit war nicht so etwas gemeint, wie seinen Nachbarn in den Arm zu kneifen, nein, die Madame liebte ihre Vergnügungen um einiges härter, böser und gemeiner.

Die Dämonen der Hölle konnten von ihr noch vieles lernen, da war sich Michelinda sicher. Sobald die Nacht voranschritt, spielte die Madame nicht nur mit Michelinda und einigen weiteren Gargoyles, sie zog auch die Laken von den verdunkelten Käfigen und offenbarte ihre „Sammlung" an Vampiren.

Am Schlimmsten traf es dabei jene, die in den Käfigen von der Decke hingen. Das waren die Wesen, die sie wirklich liebte.

Madame liebte sie so sehr, dass sie ihnen allnächtlich Körperteile durchstach, die Flügel amputierte oder die Zähne zog.

Dabei seufzte und stöhnte sie, als würde sie einem Mannsbild im Bett beiliegen.

Erst wenige Stunden zuvor hatten Jakobus und seine Schergen erneut Vampirnachschub gebracht. Die Männer und Frauen waren in einem erbärmlichen Zustand gewesen. Jeder einzelne von ihnen war von einem menschlichen Leben in Armut gezeichnet, was auch die Wandlung zum Vampir noch nicht hatte aus ihren Gesichtern löschen können. Erst ein Regenerationsschlaf würde sie in die manchmal überirdisch schönen Wesen verwandeln. Aber jene Wesen, die Jakobus da angeschleppt hatte, würden die Nacht ganz sicher nicht überstehen.

Oder wenn, dann nur einzelne von ihnen. Als Neugewandelte waren sie schon vor Stunden in den sogenannten Blutrausch verfallen, der nur durch einen ausreichenden Genuss frischen Blutes gestillt werden konnte. Und es war kein Mensch auch nur in Sichtweite.

Man hatte sie, perfide wie die Madame war, auf ihren Befehl hin gemeinsam in einen der großen, jetzt abgedunkelten Käfige gesperrt. Wo sie, soviel hatte Michelinda inzwischen mitbekommen, nicht schliefen, sondern sich, den Geräuschen nach, in ihrem Wahn gefangen, gegenseitig zerfleischten.

Um das, was sich im Vampirkäfig abspielte, aus den Ohren zu bekommen, konzentrierte Michelinda sich auf das, was sie sah. Also, nicht, dass das viel besser war, aber immerhin hatte sie so zwar kein Töten und Sterben vor den Augen, aber eine Quälerei war das Schauspiel, dass sich dort abspielte, trotzdem.

In der Saalmitte, wo vor einigen Tagen ein flaches Wasserbecken errichtet worden war, jammerte eine Nymphe, was das Zeug hielt.

Die Ärmste wurde von einem untertags kristallisierten Wasserspeier oberhalb der Wasseroberfläche festgehalten. Die kalte Dezemberluft ließ den ungeschützten Leib der Wasserfrau erbeben. Das Mädchen weinte seit Stunden herzzerreißende Tränen.

Was zur Folge hatte, dass eine Gruppe Männer, die durch ihre Fesseln auf alle Viere auf den Boden gezwungen worden waren, laut nach der Art der Wolfsblütigen heulte. Die Mondwolfgruppe war den Häschern schon vor Monaten in die Falle gegangen, als diese versucht hatten, sich an den Taubenschlägen des Königs zu vergreifen. Seitdem litten die Gestaltwandler unter den Schlägen mit den sogenannten Lieblingspeitschen der Madame. Diese hatte außerdem eine Möglichkeit gefunden, die Männer zur Wandlung, oder eben zur Menschengestalt zu zwingen. AN diesem Tag hockten die Mondwölfe in Menschengestalt an den Boden gekettet vor dem Becken der Nymphe und litten mit der zarten Frau.

„Michelinda hörst du mich?" Das war wieder mal typisch. Christoph von Pleisnitz, Arianes Gemahl und bisheriger Nachbar der Frauenkirchgargoyles, vergaß in

70

schönster Regelmäßigkeit, dass Michelinda tagsüber zwar zuhören, aber bei Tod und Teufel, sie entsandte eine stumme Entschuldigung an Luzifer, nicht in der Lage war zu reagieren.

„Ich brauche deine Augen. Irgendjemand ist hier gerade eingedrungen, der nicht zur Madame gehört." Michelinda horchte auf.

Zwar konnte sie dem Blödmann nicht antworten, aber im Gegensatz zu dem Vampir, der unter dem schwarzen Laken im Dunklen hockte, war sie natürlich in der Lage zu sehen. Was es dann bringen würde, war eine ganz andere Frage.

Und wahrhaftig. Beinahe hätte sie sie übersehen. Wesen, zart und so durchscheinend, dass man sie für hauchzarte Nebelschwaden halten könnte, liefen von Käfig zu Käfig und versuchten, an deren Türen zu rütteln. Aber dabei gerieten sie mehr zwischen die Stäbe, als dass sich wirklich etwas bewegte. Eines der Wesen schwebte auf Michelinda zu, das scharf geschnittene Gesicht vor Wut zur Fratze verzogen.

„Michelinda von Malatesta. Oh je. Was haben sie dir angetan." Frau Holle, die in ihren windigen Umrissen eher zu erahnen als zu sehen war, trat vor die Eisenstangen, die das Gefängnis Michelindas und des Krakenmonsters über ihr begrenzten. Die Anführerin der Wilden Jagd drehte sich einmal um sich selbst und nahm Schwung. Wie ein Wirbelwind hob sie ab und flog von Hängekäfig zu Hängekäfig.

71

Nachdem sie Irene, eine Vampirin die in einem der Vogelbauer eingepfercht kauerte, zum Schreien gebracht hatte, landete sie wieder. Durch die Neugierde der Holle hatte sich das Tuch zu weit gehoben und die geschundene Vampirin hatte sich kurzzeitig der Sonne ausgesetzt wiedergefunden.

Michelinda hatte Frau Holle so konzentriert bei ihrer Erkundungsmission beobachtet, dass es ihr erst, als ihre Nase schrecklich zu jucken begann auffiel, dass einige der Windgeister, die sich immer in Holles Gefolge herumtrieben, ihren Schabernack mit ihr und Krakor, dem Tentakeldämon von der Frauenkirche, trieben.

Was nun wieder Frau Holle dazu brachte, sich aufzuplustern und einen veritablen Ministurm gegen die Geister zu schicken, die auch augenblicklich von dem erzwungenen Paar abließen.

Während Christoph immer wieder nachfragte, wer denn da sei und nicht nur Michelinda anflehte, ihm doch zu antworten, drehten die Mitflieger der Wilden Jagd ab und verschwanden durch eines der Fenster. Als Michelinda den Saal wieder in ihren, wenn auch durch die unbequeme und, vor allem unnatürliche Haltung, eingeschränkten Fokus rückte, fiel es ihr auf. Die Wasserfrau, welche von Baso von Hohenfels umarmt worden war, war verschwunden. Baso, den die Häscher des Joseph erst in der Nacht zuvor gebracht hatten, stand allein im Brunnen, die Arme um pures Nichts geschlungen.

Es kam die gnadenvolle Nacht

Endlich. Die Dunkelheit übernahm und Krakor löste sich seufzend von Michelinda.

„Es tut mir leid, sollte ich dir zu Nahe getreten sein, Michelindalein." Sie selber richtete sich stöhnend auf und sortierte ihr inneres Gefüge.

„Wenn du etwas dazu können würdest, dann hätte ich dir längst die Steinmetzte auf den Hals gehetzt, Krakenmann." Es tat ihr unendlich leid, dass Krakor, der sich auf die Suche nach ihrem Verschwinden gemacht hatte, in die Hände der Madame gefallen war.

„Michelinda. Nun sprich endlich. Wer war es, der hier herumspioniert hat." Christoph schob mit einer seiner langfingrigen Hände das Laken beiseite.

„Frau Holle und einige Geister ihrer Jagd waren es. Sie haben auch Sybilla mitgenommen."

„Was du nicht sagst." Baso von Hohenfels stieg aus dem Brunnen, gerade, als die doppelflügeligen Türen aufschlugen und die Madame mitsamt den ihr hörigen Steingeborenen eintrat.

„Was ist hier los? Redet, oder es wird euch leidtun. Wo ist das Wasserweib, verdammt nochmal, kann ich mich denn hier auf niemanden mehr verlassen? Holt die Tageswachen!" Madame trat zum Brunnen und schlug auf die glasklare Wasseroberfläche.

„REDET!"

Sie richtete sich auf und riss dem neben ihr stehenden Folterknecht die neunschwänzige Katze aus der Hand. Der erste Schlag ging ins Wasser, während der nächste der nun nassen Lederriemen auf Basos Rücken traf. Dem Gargoyle splitterten Stückchen aus dem Genick, obwohl er die Hände schützend über Kopf und Nacken gerissen hatte.

Nachdem dieser trotzdem schwieg, stürmte sie zu Michelindas Käfig und schob den Schlüssel ins Schloß, wobei sie im selben Augenblick die Peitsche schwang und Krakor, ohne mit auch nur einer Wimper zu zucken, einen Tentakel abtrennte. Der Krakenmann schrie auf, griff den Tentakel und presste diesen an die Stelle, an der er nur wenige Sekunden vorher noch angewachsen gewesen war.

Der Tentakel zappelte in Krakor Hand, als wolle er sterbend noch gegen die Behandlung durch die Madame protestieren. Während sich Michelinda Krakor zuwandte, um ihm wie auch immer zu helfen, schritt die Madame von Käfig zu Käfig und musterte ihre Gefangenen.

Die Wolfsmänner rüttelten an den Gitterstäben und die Vampire brüllten mit gefletschten Fangzähnen.

Was, wie sie allerdings alle wussten, keine schlaue Idee war. Ein gutes Dutzend Männer, die der Madame uneingeschränkt zu Diensten waren, darunter mehrere Gargoyles und sogar zwei Elfenblütige, stürmten auf die Käfige zu.

Mit langen Stangen, an deren Enden Widerhaken aus massivem Eisen aufgesteckt waren, zogen sie die hängenden Käfige herab, bevor sie auf die darin eingeschlossenen Vampire einstachen.

Irene, die von Frau Holle aus Versehen einen Sonnenschaden abbekommen hatte, jammerte laut, als einer der Haken ihr noch nicht verheiltes Fleisch traf. Als das Laken über dem erstaunlich stillen Gemeinschaftskäfig der Neuankömmlinge fiel, verstummten alle Gefangenen in purem Entsetzen.

Nur noch Asche und verschlissene Kleidungsreste lagen am Boden des Gefängnisses. Einzelne kleine Münzen blinkten, wie zum Hohn, auf einem der Aschehäufchen. Eine, wohl irgendwann einmal gestohlene, Taschenuhr tickte unnatürlich laut. Der Deckel war abgerissen worden und lag am anderen Ende des Käfigs.

Nicht einer der Neuvampire hatte den Tag überlebt.

„Das werdet ihr mir büßen! Alle! So wie ihr Missgeburten da in euren Gefängnissen steht, sitzt oder fliegt!"

Die Madame schwang wutentbrannt ihre Peitsche, erwischte aber dieses Mal einen Elfen aus ihrem eigenen Gefolge. Dieser schlug, wohl aus Instinkt, zurück und unzählige kleine blaue Blitze knisterten über das an diesem Abend karmesinrote Kleid der uneingeschränkten Herrscherin über diese Hallen.

Dieses Mal war sie es, die lauter schrie, als man es ihr jemals zugetraut hätte.

75

Blitzschnell überwältigten ihre Leute den Elfen und dieser fand sich beinahe im selben Augenblick in einem bis dahin leerstehenden Käfig wieder.

Den er allerdings sofort in ein gleißendes Gefängnis aus blauem Licht verwandelte, dass ihn eher schützte als zum Gefangenen machte.

Jakobus von Baumbach stürmte, augenscheinlich gut gelaunt, durch die hohen Doppeltüren in den Saal. Hinter sich zog er eine zusammengebundene Gruppe Vampire an Seilen hinter sich her. Der Vampir schleuderte seine neuesten Opfer am Strick herum, sodass die Gruppe direkt zu der Madame Füßen landete.

„Ich habe Nachschub mitgebracht, über alles verehrte Gräfin!" Madame fuhr herum und blinzelte Jakobus böse an.

„Wage es nicht, mich hier anzusprechen, Unwürdiger!" Jakobus verneigte sich entschuldigend.

„Verzeiht mir, Madame. Aber ich werde versuchen, meinen Fehler zu korrigieren. Ich hätte hier neue Ware für Euch. Ganz frisch und noch völlig unerfahren."

Madame warf nur einen kurzen Blick auf die verängstigten Wesen und spuckte ganz undamenhaft aus.

„Das nennst du gute Ware? Abschaum ist es, den du mir da bringst. Schau dort drüben!" Sie deutete auf den Käfig der Lieferung der vergangenen Nacht.

„Das ist die angebliche Bestware von gestern. Nicht einer hat den Tag überlebt. Glaube nur nicht, dass ich dafür bezahle." Während die neuen Gefangenen durch die Bewacher und Folterknechte einfach in den aschebedeckten Käfig gestoßen wurden, beobachtete Michelinda, wie Jakobus sich ausgerechnet Irene näherte. Jeder wusste, dass die Vampirin eines der Lieblingsspielzeuge der Madame war und auch Jakobus konnte, wann immer er hier vorbeischaute, die schmutzigen Griffel nicht von ihr lassen.

Gerade hob er mit einer ausgefahrenen Kralle ihr Kinn an und fuhr mit der Klauen der anderen Hand quer über Irenes Antlitz.

Dabei zog er eine der spitzen Waffen ganz bewusst kraftvoll über eine ihrer Wangen. Blut begann zu laufen, als weinte die Vampirin rote Tränen.

Stumm blickte sie dabei, und dafür bewunderte Michelinda diese vollkommen, ihrem Peiniger tief in die Augen. Dieser Blick versprach Schmerzen und Verdammnis bis in alle Ewigkeit. Die Vampirin hatte eindeutig Stil. Und die Schnauze gestrichen voll davon, sich herumschubsen und quälen zu lassen. Michelinda wünschte sich, niemals in ihrem Dasein so hasserfüllt angeschaut zu werden.

Irgendwann würde auch Irenes Stunde schlagen. Und dann gnade dem Mistkerl Gott.

Falls die schmale Frau mit dem tiefschwarzen Haar solange überlebte. Aber wenn, dann würde sie ihren Peiniger über den gesamten Globus jagen. Das war keine Frage.

Die Madame wandte sich, nachdem für vampirischen Nachschub gesorgt war, Michelinda und Krakor zu. Michelinda hatte schon beinahe zu hoffen gewagt, dass die Herrin Krakor inzwischen vergessen hätte. Aber offenbart war keine Glückssträhne in Sicht.

„Werft ihn raus. Die Knechte sollen ihn auf den Schutthaufen werfen und zu Kies zermahlen."

„Bitte nicht. Ich bin doch noch fast vollkommen heil. Herrin, bitte lasst mich nicht zerschlagen. Schau, ich habe noch sieben Arme. Der eine fällt kaum auf. Ich kann alles auch mit den restlichen Tentakeln tun, was Ihr wünscht." Michelinda stellte sich vor den Krakenmann.

„Gebt ihn doch einfach frei. Er wird sowieso irgendwann zerfallen, denn ohne vollzählige Tentakel nimmt ihn keine Bauhütte." Aber es wäre zumindest eine Chance für den Gargoyle, seine Existenz zu retten.

Jakobus trat zu ihnen. Er neigte sich zur Madame und flüsterte ihr etwas ins Ohr.

„Du bist doch zu etwas gut. Führt beide zum Schutthaufen und zerschlagt ihn vor ihren Augen. Passt aber auf, dass meiner Gotteskriegerin nichts geschieht! Und sie darf die Augen nicht abwenden. Meine Michelinda soll ganz genau sehen, was passiert, wenn man mir nicht mehr genügt!" Die beiden Schoßgargoyles der Madame öffneten die Gittertür, um Michelinda und Krakor nach draußen zu führen.

Wie ein heller Stern in dunkler Nacht

Michelinda blickte, zwischen ihren Wärtern eingeklemmt, nach oben und stolperte prompt. Was ihr einen Hieb zwischen die Schulterblätter einbrachte, der sich gewaschen hatte. Kaum hatte sie ihr Gleichgewicht zurückerlangt, hob sie den Kopf erneut. Auch wenn die Nacht nass und stürmisch zu werden versprach, gab es Lücken in der Wolkendecke. Nicht mehr lange, und es würde zu schneien beginnen.

Während Michelinda und Krakor vorwärts gestoßen wurden, entdeckte sie ihn.

Ihren Stern.

Er funkelte in allen Farben des Regenbogens zwischen zwei dicken, schneebeladenen Wolken zur Erde. Hoffnung breitete sich in ihr aus. Hoffnung, dass sie alle so unbeschadet wie möglich, hier herausfanden.

Ein Windstoß schob die Wolken weiter und das Licht wurde unsichtbar. Aber sie hatte es gesehen. Er war noch da und wachte über sie. Da war sich Michelinda ganz sicher.

„Dort rüber. Der Haufen ist da hinter den Hecken." Krakor jammerte zwischen seinen Begleitern um sein Leben, während Michelinda verzweifelt nach einem Ausweg suchte. Das Funkeln hatte ihr neuen Mut gegeben, sich dem Schicksal entgegenzustellen.

Nie wieder wollte sie sich derart erniedrigen lassen, wie es die Madame am Ende jeder Nacht befahl.

Nie wieder würde sie kopulierend mit einem anderen ihrer Art zu Stein erstarren oder in akrobatisch anmutenden Stellungen kristallisieren.

War es denn zu viel verlangt, einfach nur in oder auf einer Kirche gelangweilt rumstehen zu dürfen? Was sie zu Beginn ihres langen Daseins so tierisch genervt hatte, erschien ihr nun wie der Himmel auf Erden.

Als sie die Hecken endlich umrundet hatten, brach ein wahrhaftiger Sturm los. Starke Böen rissen an den Kleidern, schoben sie sogar beinahe zurück. Nasses Laub klatschte in ihre Gesichter, und eine Esche stürzte ihnen krachend vor die Füße. Vor Wut dunkelgrau verfärbte Windgeister umtobten die Gruppe und versuchten es den Gargoyles damit unmöglich zu machen, den Schuttplatz zu erreichen.

Aber sie waren einfach zu ätherisch, um gegen massiven Granit und Sandstein anzukommen. Trotzdem erleichterten sie es Michelinda, sich gegen die Wasserspeier zu wehren und damit den Weg zur Zerschlagung Krakors zu verlängern. Die Windgeister taten wirklich ihr Bestes, aber die Wächter schoben sie trotzdem, zwar langsamer als geplant, aber stetig, vorwärts. Plötzlich erfüllte ein lautes Grollen die Luft, welches Michelinda bis ins Gefüge erzittern ließ.

Dann folgten die Jäger. Eisengerüstete Männer auf schwarzen Rappen, aus deren Nüstern mit eben jenem Grollen ellenlange Flammen zischten.

Die rotglühenden Augen der gewaltigen Pferde fixierten die Gargoyles, während Ross und Reiter auf die Gruppe zustürmten. Michelinda gelang es, einen ihrer Arme von ihrem Wärter loszureißen und nach einem Tentakel Krakors zu greifen.

Sie ließ sich fallen und zog den Gargoyle mit sich zu Boden. Leider stolperte auch der Wächter an ihrem anderen Arm und fiel auf sie. Mist. Wenn einer der Gäule auf den Kerl sprang, würde auch sie springen.

Zerspringen. War der Wächter auch aus krümeligem Sandstein gefertigt worden, bestand Michelinda aus gutem, kristallinen Granit. Aber der zersprang eben auch recht schnell, wenn großer Druck auf relativ kleine Stellen ihres Steins ausgeübt wurde.

Wie durch ein Wunder blieb sie heil, als einer der Reiter seinen Höllengaul direkt über die Gruppe trieb. Zwei der vier Wächter der Madame zerkrümelten zu grobem Sand, aber die restlichen blieben unversehrt.

Dann kam die nächste Angriffswelle. Die Ritter schwangen sich von den Pferden und versuchten, die Wächter von Michelinda und Krakor wegzutreiben. Was leichter gesagt, als getan war, da diese ihre Gefangenen immer noch zumindest mit einer Hand umklammert hielten. Plötzlich war Michelinda frei und verlor den Boden unter den Füßen. Einer der Jäger hatte sie kurzerhand um die Taille geschnappt und auf den Rücken seines Pferdes gehoben.

„Krakor. Lasst ihn nicht zurück!" Der Gargoyle flog zu ihr auf den Rappen, wo sie ihn hastig umklammerte,

81

um dem handlosen Krakenmonster Halt zu geben. Die Zügel des gewaltigen Höllenviechs wurden einem anderen Reiter zugeworfen, hinter welchem der Ritter von Michelindas Pferd aufsprang.

„Los! Lasst sie uns erstmal aus der Gefahrenzone bringen!" Wie der Wind flogen die Pferde durch die dunklen Straßen Dresdens. Michelinda hatte schon lange die Orientierung verloren, als die Reiter stoppten und sie vom Rücken des riesigen Rappen gehoben wurde. Jemand legte ihr Krakor in die Arme.

Als sie aufsah erkannte sie, dass sie Zuhause war. Sie stand vor ihrem baufälligen, aber wohlvertrauten Heim. Der Steinmetzmeister der Frauenkirche nahm ihr den immer noch leise jammernden Krakor ab. Er runzelte die Stirn beim Anblick des derart verwundeten Wasserspeiers. Michelinda wrang die Hände und schaute ihn bettelnd an. Hier und jetzt war keine Zeit für falschen Stolz. Es ging um einen der ihren. Ein Familienmitglied.

„Ich sehe, was ich für ihn tun kann. Er wird auf keinen Fall zermahlen, vertrau mir."

Wenn Michelinda jemandem vertraute, dann dem Meister, der jederzeit im Erbe der alten Steinmetze und Bauhüttenherren handelte.

Als sie den Blick hob, schob sich eine der Wolken, aus denen es inzwischen zu schneien begonnen hatte, zur Seite. Ihr Stern schien ihr zuzuzwinkern. Sie war davongekommen. Sie war frei.

Inmitten der Nacht

Während Michelinda erleichtert auf den Schuppen zuschritt, senkte sich die Erkenntnis, dass sie frei war, erst richtig in ihren Geist.

Alle Spannung entwich ihrem Körper und sie musste sich gewaltig zusammenreißen, als die Gargoyles sie umringten und mit Fragen bewarfen, als sei sie eine Wand und die Wasserspeier spielten Prellball. Aber es waren nicht nur diese, die auf sie zustürzten.

Ariane von Pleisnitz drängte sich resolut durch die Gargoylegruppe hindurch, bis sie direkt vor Michelinda zum Stehen kam.

„Ich danke den alten und neuen Göttern, dass du zurück bist." Michelinda griff nach der Hand der Vampirin und zog diese in eine feste Umarmung. Das brauchte sie jetzt.

„Und ich habe Kunde von deinem Gemahl. Er lebt." Die in das Ohr der an sie gedrückten Vampirette geflüsterten Worte wirkten wie ein Spannungslöser, denn Ariane sackte, vor Erleichterung schluchzend, in sich zusammen. Michelinda löste sich von ihr und setzte die aufgelöste Frau auf einen der Heuballen, die als Lagerstatt dienten.

Nachdem sie vor Ariane in die Hocke gegangen war, musste sie leider die Freude der anderen ein wenig trüben.

„Zumindest tat er es noch nach Sonnenuntergang."
Mit den ausgesprochenen Worten stürzte alles wieder
auf Michelinda ein.

Oh Gott. Wie konnte sie nur so gedankenlos sein.

„Ich muss zurück. Die anderen sind noch gefangen.
Ich kann sie nicht allein lassen." Eine schwere Hand
legte sich auf ihre Schulter.

„Frau Holle hat das im Griff. Sie sorgt dafür, dass die
Schuldigen alle bestraft und die Gequälten befreit
werden. Glaub mir. Wir brauchen dich, Michelinda von
Malatesta, jetzt hier. Jemand, der dort war, wird sie
auffangen müssen." Wo der Steinmetz recht hatte, hatte
er wohl recht. Michelinda nickte. Es war egal, wie
erschöpft sie war, das hier musste erledigt werden.

In Windeseile hatten sie Betten hergerichtet, Balken
vom Schmutz befreit und Laken ausgeschüttelt. Ariane
brachte eben einen Arm voll Kleider und Hemden
herein, als es losging.

Dann kamen sie zurück. Es waren fünf Rappen. Aber
nur einer wurde von einem seiner in schwarze Rüstung
gewandete Mann geritten. Er führte die im wahrsten
Sinne feurigen Pferde am Halfter.

„Sie brauchen Hilfe." Mehr nicht. Aber es brauchte
auch keiner weiterer Worte, um zu handeln.

Nur einen Wimpernschlag später saßen Ariane,
Michelinda, Reinhard, ein Rittergargoyle, und ein
grimmig dreinschauender Vampir auf den Rappen und
rasten zurück zu den Stallungen des Königs.

Dort herrschte ein schier unglaublicher Lärm. Soldaten strömten den weit geöffneten Saaltüren zu, Verletzte wurden herausgetragen oder schleppten sich auf eigenen Füßen raus. Gerade, als sie sich von den Rössern gleiten ließen, kam eine neue Gruppe Kämpfer von der Seite um das Gebäude gestürmt. Angeführt von einem beeindruckenden Mann, der an der Seite des eher klein geratenen Kurfürsten von Sachsen und Königs von Polen marschierte.

Augenblick. August. Hier?

August blieb nach einem Wort des Fremden zurück. Michelinda, Ariane und die Gargoyles allerdings schlossen sich dem Fremden und den Soldaten Augusts an. Hinter den Türen herrschte pures Chaos.

Wer hier gegen wen ins Feld zog, war auf den ersten und auch den zweiten Blick nicht ersichtlich. Irgendwie schlug hier jeder gegen jeden.

„Haltet ein!" Der Fremde rief nicht nur, er stieß anschließend einen so hohen Pfiff aus, dass im Zentrum des Gewimmels die Mondwölfe aufheulten und überall verteilt Vampire vor Schmerz aufkreischten.

„Magische Wesen und deren Anhänger! Bildet einen Kreis!" Ein Teil der Personen und Wesen zog sich ringförmig zurück und zusammen.

Allerdings erkannte Michelinda, dass es nicht alle waren.

Die neuen Vampire von dieser Nacht bissen und schlugen weiter um sich.

85

Sie deutete auf ein Knäuel, wo sich mindestens zehn von ihnen in andere Wesen, egal ob Mensch oder Magischer, ineinander verbissen hatten. Der Fremde, den sie nun als flügellosen Vampir erkannte, nickte erkennend.

Michelinda, an deren Haut sich ein Vampir die Zähnchen ausbeißen würde, wäre er so dämlich es auch nur zu versuchen, winkte den, inzwischen ebenfalls hier erschienenen, Gargoyles von der Frauenkirche, ihr zu folgen. Gemeinsam schoben sie sich zu den Neuvampiren durch. Denn nichts anderes waren die Vampirgruppen, die Jakobus da fast jede Nacht gebracht hatte. Menschen, die erst Stunden zuvor für der Madame Vergnügen gebissen und verwandelt worden waren.

Zu dritt schoben sie einige der menschlichen Wächter der Madame beiseite, drückten einen ihrer Gargoyles aus dem Geschehen und warfen sich gemeinsam auf die kämpfenden Vampire.

Michelinda riss eine zerlumpt gekleidete Frau von einem der Wächter der Madame weg, aus dessen Oberarm direkt das Blut zu sprudeln begann. Aber darum sollte der sich gefälligst selber kümmern, denn Michelinda fixierte die Frau mit beiden Armen, um die um sich Tretende aus dem Getümmel zu bringen.

Auch wenn ihr das Herz blutete, sperrte sie die Vampirin erstmal in einen der Einzelkäfige, die vorhin noch unter der Decke gehangen hatten.

Ihr Blick fiel vom Käfig mit der wütenden Blutsaugerin auf ein schmutziges Kleid, unter dessen zerschlissenen Säumen zwei bare Füße hervorlugten.

Die dazu gehörige Frau wurde von der Madame und einem ihrer Gargoyles am Boden gehalten, die gerade dabei waren, ihr mit einem Krummdolch einen Flügel abzutrennen.

So nicht. Die hatte sie ja nicht mehr alle. Die mit einem solchen antiken Zeremoniendolch zugefügten Amputationen würde nie wieder heilen. Da hatten nicht mal die legendären Selbstheilungskräfte eines Vampirs eine Chance. Das Weib kannte offensichtlich keine Skrupel. Nicht einmal im Angesicht dessen, dass sie den Krieg hier nicht gewinnen konnte, gab sie in ihrer Abartigkeit auf.

Michelinda sprang hinzu, legte der Madame einen Arm von hinten um die Kehle und trat dieser zeitgleich gegen die Waden.

Mit einem wütenden Aufschrei versuchte die Wahnsinnige, sich in Michelindas steinhartem Griff zu drehen und schwang das Messer nun gegen sie.

Mist. Michelinda spürte, wie die Klinge ihre Haut ritzte. Das würde einen Kratzer für die Ewigkeit geben, aber sie ließ nicht locker.

Aus dem Augenwinkel sah sie, dass der fremde Vampir sich dem Gargoyle auf den Rücken geschwungen hatte und diesen würgte, bis er Irene, denn nur diese konnte es sein, freigab.

Michelinda gelang es inzwischen, die Dame mitsamt ihrem Dolch durch die weit geöffneten Flügeltüren nach draußen zu bringen. Sie hatte sich das Weibsbild kurzerhand über die Schulter geworfen und akzeptiert, dass diese ihr recht tiefe, schmerzhafte Schnitte über das Hinterteil zog. Aber damit würde sie sich später auseinandersetzen. Oder besser gesagt, ein Bildhauer müsste sich das irgendwann einmal genauer anschauen. Wenn der ganze Mist hier vorbei wäre.

„Anna Constantia! Du verfluchtes Weibsstück! Bringt sie zu mir!" August sprang auf Michelinda und ihr Opfer zu, winkte zweien seiner Soldaten und wartete mit vor Wut blitzenden Augen, bis diese die zappelnde Frau an die Männer übergeben hatte.

„Anna Constantia. Was bildest du dir eigentlich ein, wer du bist? Wolltest du Gott spielen oder bist du einfach nur entartet?" August wandte sich, ohne auf eine Antwort der störrisch dreinblickenden Dame zu warten, den Soldaten zu.

„Entwaffnet sie und bringt sie mir aus den Augen. Ich werde mich später mit ihr befassen."

Er näherte sich vorsichtig mit ausgesteckter Hand Michelinda. Diese ergriff sie und sank in einen Knicks. Im Gegensatz zu manch anderem wusste sie, was sich gehörte.

„Mein Name ist Michelinda von Malatesta, hochgeehrter Monarch." August schüttelte den Kopf und zog Michelinda zurück in eine aufrechte Haltung.

„Tss tss. Das ist ja schön und gut." Der Kurfürst verdrehte leicht genervt die Augen.

„Guten Abend Madame von Malatesta. Nett, Euch kennenzulernen. Aber mich interessiert Euer Name nur, damit ich weiß, wie Ihr angeredet werden sollt. Eigentlich muss ich recht dringlich erfahren, was Ihr seid. Das ist alles so aufregend. Ich hatte keine Ahnung, welch illustre Gesellschaft meine Untertanen sind."

Ah. Daher wehte das Lüftchen.

Irgendwo hinter sich meinte Michelinda, Holle leise kichern zu hören. Sie erhob stolz das Kinn und blickte August fest in die Augen.

Eine Steinerne kuschte nicht.

Daran konnte sich der Monarch gleich mal gewöhnen. Wenn er die paranormalen Gemeinschaften kennenzulernen plante, dann würde er sich erst noch behaupten müssen. Dort sah man den Kurfürsten nicht unbedingt als das Oberhaupt an. Deren Achtung galt es sich durch sein Handeln zu verdienen.

Aber Michelinda erkannte ihn auch im Augenblick insoweit an, da er in ihrer Ansicht bereits ziemlich nach oben geklettert war. Immerhin hatte er die Madame, ohne mit der Wimper zu zucken, zur Bestrafung wegschaffen lassen. Und seine Neugier konnte sie ihm schon gar nicht verdenken.

„Das ist nicht ganz einfach zu beantworten, Majestät. Von Natur aus bin ich eine Steingeborene, eine Gargoyle. Aber ich wurde nie mit der Funktion eines Wasserspeiers ausgestattet, da die Erbauer meiner

89

Ursprungskirche die Erben des Gemahls meines Vorbilds waren und auch die Franziskanerinnen, denen mein Vorbild später beitrat, legten ihr Veto ein. So bin ich zwar meiner Grundart her eine Gargoyle, aber eben auch eine schlichte Statue." August griff nach Michelindas Hand und betrachtete die zart wirkende Haut und strich mit seiner behandschuhten Hand über ihre kurzen Fingernägel.

„Wie interessant. Wir müssen uns später einmal genauer über das alles unterhalten. Ich harre in Spannung Eures Berichtes darüber, wie lebendige Steine erschaffen werden. Oder werden Euereins geboren?" August fixierte etwas hinter Michelinda.

„Oh. Ooh. Ist das etwa ein Werwolf?" Und schon war die Aufmerksamkeit des Königs auf einen der Wolfswandler übergesprungen, der sich gerade halb gewandelt aus dem Saal schleppte. Michelinda wandte sich um und der, inzwischen auf einem der winterlich verwaisten Blumenbeete liegenden, Irene zu.

Morgenstern der finster'n Nacht

Während immer mehr Wesen aus dem Gebäude kamen, dass für sie Gefängnis und Folterkammer zugleich gewesen war, blickte Michelinda hinauf zu den dicken Wolken, aus denen inzwischen unaufhörlich ein nasser Schnee in dicken, schweren Flocken fiel.

Seufzend machte sie sich daran, ein weiteres Mal zurück in das makabre Reich der Anna Constantia zu eilen. Irene hatte offenbar einen Beschützer gefunden, der sie nun im Arm hielt. Der fremde Vampir, der die Retter angeführt hatte, hielt sie fest an sich gezogen und schaukelte die herzzerreißend weinende Vampirin, als wäre sie ein kleines Kind.

Was sie daran erinnerte, dass Ariane zwar in den Saal geeilt, aber bislang nicht wieder herausgekommen war. Auch von Christoph fehlte nach wie vor jede Spur.

Als Michelinda die Schwelle wieder überschritt, erkannte sie sofort, dass da einiges komplett schieflief. Eine Vampirin, der der Wahnsinn aus den Augen starrte, war dabei, die von den Befreiern vorerst wieder gefangen gesetzten Neuvampire allesamt wieder zu befreien. Ihr irres Lachen lichterte durch den Saal und wurde von einigen Vampiren in den Käfigen wie Echos zurückgeworfen.

Jeder, der durch ihre Hand freikam, stürzte sich blitzschnell auf irgendein Wesen, dass ihm vor die Klauen kam.

Dazwischen fuhren die Windgeister der Wilden Jagd brüllend wie ein Wintersturm umher. Während Frau Holle höchstpersönlich große Schneebälle produzierte, die gleich darauf ihren Weg in die aufgerissenen Münder der bissbereiten Vampire fanden. Der Plan erschien gut. Oder zumindest besser, als alles, was man bislang probiert hatte.

Die alte Gottheit war eben ein Genie. Man nehme etwas wundervolles, weich glitzerndes und verwandle es in eine eiskalte Waffe, der kein blutrünstiger Vampir etwas dagegen zu setzen hatte. Zumindest lenkte es die Blutsauger so lange ab, dass sie halbwegs gefahrlos eingefangen werden konnten.

Michelinda hob eine Hand, worauf ihr Holle einen Ball zuwarf, den Michelinda zielsicher benutzte, um einen Soldaten der Madame von einem Mondwolf in der harmlosen Hundeform abzulenken. Der Hund wiederum nutzte den Augenblick und sprintete dem Ausgang zu.

Holle warf ihre Geschosse nun abwechselnd auf die Vampire und zu Michelinda.

Gemeinsam schafften sie es, die unerfahrenen Blutsauger so durcheinander zu bringen, dass die von ihnen Angegriffenen sich von ihnen lösen und aus dem Gebäude entkommen konnten.

Diese überaus denkwürdige, lebensrettende Schneeballschlacht würde in die immerwährende Geschichte der Schneeballschlachten eingehen, da war sich Michelinda sicher.

Die Vampirin, welche die Neuvampire befreit hatte, rannte nun allerdings auf Michelinda zu, statt brav zu sein und den Saal ebenfalls zu verlassen.

Dabei wich sie dermaßen geschickt Holles Wurfgeschossen aus, als hätte sie jahrzehntelange Übung in Schneeballschlachten mit älteren Brüdern genossen.

Mit gefletschten Zähnen sprang die Durchgeknallte Michelinda ins Genick und biss zu.

Als ein riesiger Schneeball ihren Hinterkopf traf und ihr Gebiss in Michelindas Nacken presste, brachen die Reißzähne knirschend ab. An dieses Geräusch würde Michelinda sich vermutlich noch Jahrhunderte erinnern.

Wie ein Wirbelwind rauschte einer von Holles Jägern herbei und pflückte die lädierte Vampirin von Michelinda ab, um sie kurzerhand mit nach draußen zu nehmen. Michelinda folgte ihnen langsamer und hockte sich neben der Tür zu Christoph und Ariane, die ihren Geliebten auf ähnliche Weise im Arm hielt, wie im verschneiten Blumenbeet draußen der Fremde die Neuvampirin Irene.

„Danke." Über Arianes Gesicht liefen blutrote Tränen, während Christoph seine Reißzähne aus dem Handgelenk seiner Gemahlin zog und augenblicklich einschlief.

Schneeflöckchen, Weißröckchen

Zwischen den Pferdeställen und dem Gebäude, das viel zu lange ein Foltersaal gewesen war, hatte August ein regelrechtes Lager aufschlagen lassen.

Im dichten Schneefall hatten Bedienstete Tische aufgebaut und Stühle gebracht, Polsterliegen herbeigeholt und waren sogar dabei, gerade ein erstaunlich großes Zelt aufzubauen.

Auf die Liegen bettete man gerade einige der schwerer verletzten Opfer der Befreiung.

August hingegen, hielt augenscheinlich nichts auf dem Feldstuhl, den man ihm zugedacht hatte. Er lief, aufgedreht wie eine Spieldose zum Weihnachtsfest, oder ein Fohlen auf der Wiese, von einem Wesen zum anderen und stellte Fragen.

Irgendwann wurde es nicht nur Michelinda zu bunt, denn die andere anwesende Herrscherin griff ein.

Nach dem Ende der Schneeballschlacht hatte diese sich in ein, für ihre Verhältnisse, protziges Gewand aus eisblauem Brokat, der mit weißem Pelz verbrämt war, geworfen und sogar lange, blütenweiße Handschuhe angelegt. Ihr langes, schneeweißes Haar zierte eine prächtige Tiara aus glitzernden Eiskristallen. Ein samtener Umhang wehte mehrere Ellen hinter ihr her.

„Majestät, ich bitte darum, Euch meine Aufwartung machen zu dürfen."

Michelinda, und auch den meisten anderen Anwesenden, fielen beinahe die Augen aus den Höhlen, als die derart prachtvoll gewandete Fürstin des Winters vor August trat und den Kopf neigte. Frau Holle verneigte sich niemals und vor niemandem.

„Ich bin die Fürstin des Weißen Reiches, Frua Hulla vom Hörselenberge. Ich bin erfreut, Euch endlich persönlich kennenzulernen."

August erhob sich und neigte ebenfalls das Haupt vor dem mächtigen Wesen der Raunächte. Wenn ihm vermutlich aber gar nicht klar war, wem er da genau gegenüberstand. Aber der Aura der Holle konnte eben niemand widerstehen. Sie strahlte eine Macht aus, die einem Menschen eine Gänsehaut über den Körper laufen ließ.

Und ihrem laut, aber ausgesucht höflich geäußertem Wunsch, sich mit August an einen der Tische zu setzen und sich einen Punsch servieren zu lassen, konnte sich auch der mächtige August der Starke nicht widersetzen. Frua Hulla war eben die Naturgewalt, die sie darstellte.

Michelinda trat von hinten an Holle heran, kaum, dass die Weiße einen Schluck vom würzig duftenden Punsch aus Wein und Gewürzen genommen hatte.

„Herrin, es dauert nicht mehr lange bis zur Dämmerung. Wir müssen die Vampire und die Gargoyles hier wegbringen, bevor der erste Sonnenstrahl über den Horizont tritt." Holle drehte den Kopf.

„Ich lasse die Wolken dicht. Aber du hast recht. Den Gargoyles dürfte das nicht viel bringen. Meine Reiter werden euren Leuten zur Hilfe sein, verehrte Frau beider Welten.“

Frau beider Welten.

Dieser Satz, von einem der mächtigsten Wesen der alten Welt gesprochen, bedeutete für Michelinda alles.

Als Wesen der magischen Lebenswirklichkeit, deren Vorbild eine starke Frau ihrer Zeit und Mitglied der christlichen Realität war, gehörte sie in beide Welten. Und erstmals fühlte sie sich in diesem Moment wahrhaftig angekommen und mit sich im Reinen.

Frau Holle, die vom Aufruhr in Michelindas Inneren augenscheinlich nichts mitbekam, hob einen Zeigefinger und wies nach oben.

Dort, direkt über ihnen, rissen die Wolken ein winziges Stück auf und gaben den Blick auf ein vielfarbig funkelndes Lichtpünktchen frei.

Holle ließ die Hand sinken und dann war da nur noch der Schnee, der aus den dicken Wolken fiel.

Holle wusste also doch ganz genau, was sie da gesagt hatte. Michelinda hätte es wissen müssen.

Die alte Göttin, oder was auch immer sie war, tat nichts unüberlegt. Frau Holle hatte Michelinda in nur wenigen Sekunden gleich mehrere Geschenke gemacht, ohne mit der Wimper zu zucken.

Sie hatte ihre Identität erhöht und ihr Hoffnung geschenkt.

Denn Michelinda hatte ihren Stern, ihren Halt in schweren Zeiten, gesehen und ebendiese Hoffnung durchströmte sie.

Hoffnung darauf, dass am Ende jeder seinen Platz finden würde.

Hoffnung darauf, dass Verbrechen wie das der, wohl nun ehemaligen, Mätresse Augusts sich nicht wiederholen würden.

*****

Pünktlich zum berechneten Sonnenaufgang waren alle Gargoyles untergebracht, diejenigen der Vampire, die guten Gewissens ungesichert bleiben konnten, hockten in den wenigen bewohnbaren Räumen des versteckten Labyrinthes unter der Frauenkirche.

Durch die versteckten Gänge und Räume unter der Kirche war es den Vampiren möglich gewesen, trotz des Abrisses ihrer Grufthäuser zu bleiben. Und die Räume unter der Kirche waren auch niemals geweiht worden, denn dann hätte es kein Vampir ertragen, dort einzuziehen.

Selbst die Stärksten unter ihnen würden den lieben langen Tag unter Kopfschmerzen leiden, Müssten sie sich in so behandelten Bereichen aufhalten.

Die Räumlichkeiten, welche die Pleisnitzens derzeit bewohnten, glich für diesen Tag einer Herberge an einer großen Handelsroute. Ariane hatte ihren Christoph in seinem Regenerationsschlaf gebettet und dann Lager für Irene und den fremden Ivan, der irgendwie an Irene einen Narren gefressen hatte, hergerichtet. Außerdem ruhten noch drei weitere Vampire, die wohl gemeinsam mit Irene gewandelt worden und in Einzelkäfigen gehalten worden waren, bei Ariane in einem der kleineren Salons des Pleisnitzschen Teils des Labyrinthes.

In den beiden anderen Wohnungen hatten die dort lebenden Vampire weitere Gäste aufgenommen.

Michelinda erklomm im letzten Moment ihr Podest in der altersschwachen Kirche.

Ihr Gefüge kristallisierte gerade aus, als der Küster das Gebäude für seinen morgendlichen Rundgang betrat.

Der arme Mann zankte leise vor sich hin, da schon wieder jede Menge kleiner Putzbröckchen von den Wänden und der Decke gefallen waren. Er hatte gerade alles zusammengefegt, als der Pastor ziemlich aufgeregt durch die Seitentür in den Altarraum fegte.

„Das darf doch alles nicht wahr sein. Das könnt Ihr mir nicht antun, Meister." Ihm auf dem Fuße folgte Meister Georg Bär, der den Entwurf des geplanten Neubaus der Frauenkirche geliefert hatte und auch den Bau zu beaufsichtigen plante.

„Doch, das ist es. Und Ihr wisst ganz genau, dass für sie in meiner neuen Kirche kein rechter Platz für derlei Firlefanz sein wird. Diese wird offen und großzügig werden, ohne zu viel Schnickschnack. Ich werde etwas Neues erschaffen, einen Bau, der strahlt. Da braucht es keinen Ballast. Ich finde den Vorschlag brillant.

Unser Kurfürst und König ist einfach ein genialer Mann."

„Ihr habe mir versprochen, dass es eine Lösung hier vor Ort geben wird, Meister Bär. Ihr könnt doch die hier ansässigen Schutzwesen nicht einfach so eliminieren!"

„Und ob ich das kann." Meister Bär wedelte mit der Hand vor dem Gesicht des Pastors umher.

„Aber das ist jetzt auch gleich. Vollkommen egal. Seine Majestät hat gesprochen und wer bin ich, mich August zu widersetzen? Immerhin muss er einfach ein gutes Wort bei den Stadträten für meine Pläne einlegen und das wird er nie, wenn ich ihm diesen kleinen Wunsch nicht erfülle!" Michelinda schluckte in Gedanken. Echt konnte sie das ja erst wieder nach Sonnenuntergang. Also, schlucken.

Wenn es das war, was sie glaubte, standen ihr und den Gargoyles von der Frauenkirche ein größerer Umzug bevor. Sie hoffte inständig, dass es für alle ein gutes Ende nehmen würde.

„Hier wird nichts und Niemand weggeholt, bevor ich nicht mit dem Bischof gesprochen habe. Ich werde eine Audienz erbitten. Vorher geht hier kein Gargoyle vom Hof, verehrter Herr Bär. Denn dann könnten wir ja gleich die ganze Kirche abbrennen. Oder was glaubt Ihr, hält diese maroden Mauern noch aufrecht, wenn nicht die Dienste der Wasserspeier?"

„Ein gutes Bauwerk braucht keinen unchristlichen Firlefanz. Gerade als Kirchenmann müsstet Ihr doch diesem Aberglauben gegenüber immun sein. Es ist ja, als würdet Ihr im nächsten Atemzug fordern, dass ich ein Kind in den Grundmauern einschließen sollte." Der Küster keuchte ebenso laut wie der Pastor auf.

„Sagt mal, seid Ihr von allen guten Geistern verlassen? Was hat denn solch unmenschlicher Unsinn mit der Existenz von Schutzgeistern zu tun?" Das fragte sich Michelinda ebenso.

Genauso, wie sich freute, dass sie und ihresgleichen doch so geachtete Glieder der Gemeinde waren.

Allerdings hoffte sie, dass der Pastor nicht im nächsten Atemzug von den Vampiren auf dem Kirchhof anfangen würde. Denn damit waren weit weniger Menschen kommod, als mit den putzig-gruseligen Wasserspeiern.

Gut, die Steingeborenen brauchten auch keine Menschen, um zu überleben. Ein Vampir, so zivilisiert er sich auch verhielt, musste sich aber nun einmal von frischem Blut ernähren. Er tötete nur, wenn es nicht anders ging, aber trotzdem fügte er Menschen Schaden zu. Allerdings hatten sich, gerade in Dresden, viele Vampire da eine Nische erschaffen, die ziemlich schlau war. Sie traten als Bader auf und boten bei allerlei Wehwehchen Aderlässe an. Daher waren viele von ihnen geachtete Mitglieder der menschlichen Gesellschaft.

„Es ist mir egal, was Euer Bischof sagt. Die Wasserspeier werden weggebracht. So will es der Herrscher. Aber damit Ihr beruhigt seid, sie sollen zur

Kreuzkirche umziehen. Die alte, unmodische Kirche wird geeignete Plätze haben, damit sich die Dinger wohlfühlen. Dort passen diese außer der Mode gekommenen Gestalten noch hin."

Michelinda beobachtete, wie der Pastor gesenkten Hauptes den Gottesdienst vorbereitete, während der Küster den zusammengekehrten Schmutz einfach liegen und das Portal einfach hinter sich zuknallen ließ. Kalk rieselte von der Decke, als die Tür ins Schloß schlug.

Gerade, als die ersten älteren Frauen, die den morgendlichen Gottesdienst nie versäumten, eintraten, tauchten auch mehrere kräftige Männer auf und wickelten Michelinda in einige Lagen aus dickem, erstaunlich hochwertigem, Wolltuch. Unter dem Prostest der Weiber wurde Michelinda vom Podest gehoben und auf einen draußen bereitstehenden Wagen verfrachtet. Unter Hammerschlägen und den entsetzten Rufen der Kirchgänger lösten die Arbeiter dann ebenfalls Michelindas Sockel vom Boden und schoben auch diesen nach draußen. Michelinda spürte eher, als dass sie etwas erkennen konnte, dass noch mindestens zwei weitere Steingeborene verladen wurden, bevor der Fuhrmann die beiden schweren Pferde antrieb und Michelinda zum zweiten Mal in ihrer Existenz auf Reisen ging.

Erfreue dich, Himmel

Das Innere der Kreuzkirche war in ein warmes Licht von vielen flackernden Kerzen getaucht, als Michelinda hereingebracht wurde.

Die Knaben des Chores übten gerade für die Gottesdienste der Feiertage. Michelinda kannte die Zeilen des Weihnachtsliedes, welches gerade vielstimmig aus geübten Kehlen gesungen wurde.

Drei kleine Solisten standen einen Schritt vor der Schar der Sänger.

Bei den Worten „Erfreue dich, Himmel, erfreue dich, Erde, erfreue sich alles, was fröhlich kann werden" empfand auch Michelinda das erste Mal seit Tagen wieder etwas Freude. Vor den Kindern stand der gestrenge Kantor Theodor Christlieb Reinhold. Als Kreuzkantor war er außerdem auch für die Frauenkirche mitverantwortlich, er kannte also auch die magische Gemeinde der Kirche.

Naja, zum Teil zumindest. Während der Pastor auch die Vampire und die Nymphe des Brunnens vom Kirchhof kannte und schätzte, war Meister Reinhold entweder nicht eingeweiht oder aber man hatte die anderen Wesen ihm einfach nie vorgestellt.

Die Musik brach ab, gerade als sie ihren Platz in einer Nische eingenommen hatte.

Der Kantor wendete sich von seinem Chor ab und Michelinda zu. Er verneigte sich sogar vor ihr.

„Verehrte Dame. Ich bedaure, dass wir Euch so plötzlich umziehen lassen mussten, aber unser durchlauchtigster Kurfürst und König hat angeordnet, dass Ihr nicht vor dem Ende der Bauarbeiten zurück zur Frauenkirche gebracht werdet. Euch und Eurer Familie soll es an nichts fehlen und das kann derzeit hier besser gewährleistet werden, als in einem so baufälligen Haus wie der Frauenkirche. Außerdem soll ich Euch ausrichten, dass Ihr mit dem Einbruch der Nacht vor dem großen Portal erwartet werdet. Unser aller Fürst plant ein Bankett für seine besonderen Gäste an diesem Abend der Geburt des Jesuskindes."

Es war schon der Tag vorm Heiligen Abend?

Ach herrje. Sie hatte so viel der ihr liebsten Zeit des Jahres verpasst? Die Lieder, die Gebete und den hoffnungsvollen Glanz in den Augen der Menschen, welche die Gottesdienste besuchten?

Irgendwie war Michelinda die Zeit völlig aus dem Sinn geraten. Die Tage und Nächte in dem Saal hinter den Stallungen waren nur so ineinander übergegangen, da hatte sie völlig vergessen, diese zu zählen.

Dann war sie ja für mehr als eine Woche in der Hand der Madame gewesen.

Was natürlich nichts gegen das monatelange Martyrium einiger anderer befreiter Wesen war, aber für sie hatte es gereicht.

Während der Chor weiter für die Vesper in der Heiligen Nacht probte, ließ sich Michelinda eine Weile von den zarte und kräftigen, hohen und erstaunlich tiefen Tönen davontragen.

*****

Jemand klopfte mit den Fingerknöcheln kräftig gegen ihr linkes Knie.

„Michelinda. Komm, man erwartet dich."

Michelinda erwachte und stellte erstaunt fest, dass sie bereits im vollen Umfang in der Lage war, sich zu bewegen. Das Nickerchen, zu dem sie sich herabgelassen hatte, war offenbar ein wenig ausgeartet.

Vor ihrem Sockel stand Krakor.

Der Krakendämon grinste breit übers ganze Gesicht, als er ihr von ihrem Sockel half. Er schlängelte sich fröhlich zappelnd im Kreis um sich selber.

„Schau her, ist das nicht herrlich? Krakor winkte ihr mit einer kleinen, menschlichen Hand zu.

„Der Tentakel war nicht zu retten, aber der Steinmetz hat sich einfach gedacht, ich könne ja eine Hand gebrauchen, wenn wir schon zum Bankett beim König geladen sind. Was auch immer so ein Bankett sein mag und wofür da so eine Hand vonnöten sein könnte."

Schmunzelnd betrachtete Michelinda den kleinen Gargoyle, der mit gerunzelter Stirn darüber nachzudenken schien, was das für eine Sache sein könnte, zu der sie da gerade aufbrachen.

Sie neigte sich ihm zu.

„Er hat uns zum Essen eingeladen und mit der Hand wirst du eine Gabel zum Mund führen."

„Ah. Das klingt gut. Ich sterbe vor Hunger. Zeigst du mir, wie man so eine Gabel benutzt?"

Die Miene Krakors hellte sich augenblicklich auf und er begann zu strahlen. Michelinda hob den Krakenmann nickend auf ihre Schulter, wo er sich, einem Schal gleich, um ihren Hals schlang.

Draußen hatte es endlich aufgehört zu schneien und Dresden zeigte sich in seinem schönsten Weihnachtsgewand.

Als Michelinda nach ihrem Sternlein suchte, brauchte sie dafür ein Weilchen, da der ganze Himmel von unzähligen Lichtern übersät war.

Sie drehte sich im Kreis, um die Schönheit des blinkenden Firmaments in sich aufzunehmen.

Aber ihr Stern war der allerschönste, der bunteste und der beste. Natürlich.

Sie stolperte auf dem unebenen Pflaster vor der Kirche und fiel.

Oh du fröhliche

Aber sie stürzte nicht, denn da waren zwei Arme die sie auffingen und ein Paar Flügel, dass sie beschützte.

„Ich hab dich." Irene? Ganz klar, das war Irenes Stimme. Michelinda raffelte sich auf und erblickte, als sie wieder sicher auf den Füßen stand, Irene, um deren Taille Ivan seine Hand gelegt hatte. Oha. Also hatte ihr Gefühl am Ende der vergangenen Nacht sie doch nicht getäuscht. Sie strahlte das Paar an.

„Guten Abend, ihr beiden."

Ivan verneigte sich tief vor Michelinda und Krakor, der vor lauter Aufregung einen seiner Tentakel gegen ihre Nase presste.

„Einen guten Abend wünsche auch ich. Ich bin Ivan Blutstein. Wir wurden uns leider gestern nicht vorgestellt, aber da Sie meine neue Partnerin mehrfach beschützt haben, stehe ich für immer tief in Ihrer Schuld." Michelinda reichte dem Vampir die Hand.

„Ich tat nur, was angesagt war. In bestimmten Situationen ist ein Gargoyle nun einmal schwerer zu verletzen als ein Vampir. Aber das macht das Leid, dass Irene und viele andere erleben mussten, nicht einmal im Ansatz wett. Manchmal konnte ich nur helfen zu sterben." Ivan nickte abgehackt.

„Auch davon wurde mir berichtet und ich danke auch dafür." Irene, die ihre Flügel wieder verstaut hatte, drängte sich zwischen sie.

„Genug davon. Hebt euch das Geschwurbel auf, dass könnt ihr austauschen, wenn ihr unter euch seid."

Irene griff nach Michelindas Hand und zog diese vorwärts.

„Wir sind deine Eskorte, der Kurfürst lädt zum Schmaus." Erst jetzt bemerkte sie die prächtige Kutsche, die mitsamt einem Kutscher in edler Livree, am Straßenrand wartete. Krakor war bereits im Inneren verschwunden, also folgten sie ihm lieber zügig, bevor der kleine, tentakelige Tunichtgut noch irgendwelchen Blödsinn anstellen konnte.

*****

Die Fenster des Residenzschlosses waren zum großen Teil hell erleuchtet und Fackeln brannten vor dem Portal, vor welchem die vierspännige Kutsche gerade anhielt. Ein Page öffnete den Schlag und geleitete erst Michelinda und danach Irene und Ivan ins Freie. Man führte sie in den beeindruckenden Bau, den Michelinda bislang nur von außen zu Gesicht bekommen hatte.

Lauter werdende Stimmen zeigten an, dass sie sich den Räumlichkeiten näherten, in denen der Kurfürst und König Hof hielt. Zwei Bedienstete in goldverbrämten Livreen öffneten eine beeindrucken hohe zweiflügelige Tür, um sie einzulassen.

Jetzt wurde Michelinda auch klar, warum man sie zuerst in einen kleineren Salon gebeten hatte. Dort waren ihr neue, nach der neuesten Mode geschneiderte Kleider angeboten worden. Aber Michelinda hatte abgelehnt. Sie bereute es nicht.

Ihr schlichtes Gewand, dass nach wie vor in seinem Schnitt an die Mode ihrer Zeit erinnerte, passte viel besser zu ihr.

Und als sie die anderen Gäste von der Tür aus musterte, war sie froh, dem Seidenbrokat und Samt nicht nachgegeben zu haben.

Der Fürst saß vor Kopf an einer riesigen Tafel, an der, neben einigen einfach zu erkennenden Höflingen, fast nur magische Mitwesen Platz genommen hatten.

Zur Rechten des Herrschers thronte, zu Michelindas Überraschung, Frau Holle. Auch diese trug ihr Lieblingskleid, ein blütenweißes Gewand mit den angesetzten Ärmeln der frühen Renaissance. Der mit Silberfäden durchwirkte Stoff blitzte und funkelte wie frisch gefallener Schnee im Sonnenschein.

Sie hatte sich ebenfalls gegen ein Kleid wie das von der vergangenen Nacht entschieden. Ihre Jäger trugen, wie immer, schwarze und braune Wämser und einige der anwesenden Windgeister hatten sich in Gewänder in allen Farben des Regenbogens und aus sämtlichen Zeitaltern geworfen.

Aber der absolute Brüller saß zu des Hohen Herren linker Seite. Oder eher gesagt, die Brüllerin.

Frech grinsend, prostete eine bestens gelaunte Luzifer Michelinda mit einem goldverzierten Kelch zu.

Der gefallene Engel der Christenheit trug allerdings nicht die üblichen Gewänder, die sie seit der Römerzeit bevorzugte, sondern ein schwarzes hochmodisches Abendkleid mit ausladenden Röcke, Rüschen. Dazu hatte sie eine turmhohe, ebenfalls tiefschwarze Perücke, in welche kleine Hühnerknochen eingeflochten worden waren, kombiniert.

In dem Falle der Luzifer war sich August mit Sicherheit nicht bewusst, wen genau er da zu Tisch gebeten hatte. Das hätte selbst der mutige Kurfürst nicht gewagt, eine Persona Luzifer zum Heiligen Abend neben sich zu dulden. Zumindest wären ihm die Kirchenoberen gehörig aufs Dach gestiegen, wenn er es wissentlich gewagt hätte, die Teufelin zum Geburtstag des Jesuskindes einzuladen.

Michelinda wurde von einem Lakaien auf einen freien Stuhl zwischen Christoph von Pleisnitz und Ivan Blutstein platziert. Ariane, die ihrem Gatten permanent die Hand hielt, strahlte hell wie die Sonne, die sie nicht vertrug.

Das Paar trug blutroten Samt, der nach der neuesten Art geschneidert war und sah zusammen einfach hinreißend aus.

Ariane hatte passend zum Kleid ein Halsband, welches mit riesigen Rubinen besetzt war, kombiniert. Ein weiterer Rubin von erstaunlicher Größe funkelte an ihrer rechten Hand, mit der sie die ihres Christophs umklammerte, als könne jemand ihr diesen im nächsten Moment wieder entreißen.

Auf Michelindas anderer Seite turtelte ein weiteres, hinreißend verliebtes, Paar.

Ivans Schneider nutzte zwar wohl ebenso neue Schnitte, aber der Vampir trug ausschließlich schwarz. Irene, die sich an ihn schmiegte, fühlte sich in ihrem prachtvollen Abendkleid aus silbrig schimmernder Seide sichtlich unwohl. Die Vampirette war recht zappelig und zupfte an den Ärmeln, zog den Ausschnitt nach oben und rutschte mit dem Allerwertesten auf dem Stuhl hin und her. Einzig Ivans Hand, die sie unter dem Tisch umklammert hielt, gab ihr offenbar Halt. Michelinda konnte sie verstehen. Irene kam aus schlichten Verhältnissen, sie hatte Michelinda eines Nachts, als sie gemeinsam eingesperrt worden waren, berichtet, dass sie in einem der Mietshäuser im schlechtesten Teil der Stadt aufgewachsen war.

Da konnte einen Augusts Prunk und das gezierte Benehmen der besseren Gesellschaft schon aufs Gemüt schlagen.

*****

Der Abend verlief nach einer festen Regel, wie Michelinda schon nach wenigen Augenblicken erkannte. Schmunzelnd beobachtete sie das Geschehen um den Kurfürsten.

August fragte nämlich alle Wesenheiten nacheinander gründlichst aus.

110

Wie alt sie wären, was ihre Fähigkeiten seien und ob es ihnen recht wäre, wenn er dafür sorgen würde, dass Gesetzte zu ihrem und dem Schutz der Menschen niedergeschrieben und angewandt würden.

Als das Dessert, dass aus Gebäck und einer Eiercreme, für die Vampire einem frischen Glas Blut, bestand, serviert wurde, erhob sich August.

Ein Lakai schlug geziert mit einem Silberlöffelchen gegen das Weinglas des Herrschers, und bat um Ruhe.

„Sehr verehrte Gesellschaft. Ich lud Sie heute zu Tisch, um einen mir bislang verborgenen Teil meiner Untertanen kennenzulernen. Zu unserem Leidwesen hatten Sie alle unter meiner ehemaligen Favoritin Anna Constantia, der bis gestern von mir hochverehrten Gräfin Cosel, zu leiden. Ich spreche Ihnen allen unser Beileid für die erlittenen Verluste aus. Ich möchte diesen Anlass dafür nutzen Sie zu erinnern, dass ich, August, der Herr über alle Bewohner Sachsens und Polens bin und mir allein Gehorsam zu geloben ist. Ich möchte außerdem regelmäßige Wiederholungen des heutigen Abends anordnen, da es für Uns und meine Minister offenbar noch viel kennenzulernen und zu besprechen gibt. Bis dahin wünschen Wir Ihnen allen ein fröhliches Weihnachtsfest!" Damit rauschten er und seine Höflinge davon. Die Türen wurden wieder geschlossen und überließen die magische Gemeinschaft sich selber.

Frau Holle und Luzifer erhoben sich gleich darauf und baten nun ihrerseits um Ruhe. Murrend legten einige

111

der Wölfe die Löffel beiseite, die sie gerade erst in den süßen Nachtisch getaucht hatten. Aber wenn Holle und Luzifer riefen, dann gehorchte auch ein Mondwolf besser, wenn ihm seine Gesundheit lieb war. Holle ergriff das Wort.

„Dieses Fest ist etwas, das auf lange Sicht den Lauf der Welten ändern wird. Es ist an uns und euch, die Verbindungen zwischen den Gemeinschaften und der Obrigkeit zu gestalten. Aber wir befinden uns inmitten der Raunächte, der Zeit, in der Tage zu Nächten und Nächte zu Tagen werden. Der Zeit, in der die Tore der Welten nur angelehnt sind und die Zukunft so nahe ist, wie sonst nie. Auch wir haben also zu feiern. Diese Nacht ist eine der machtvollsten im gesamten Jahreskreis. Eine Nacht, in Himmel und Hölle Blicke in ihr Innerstes gewähren, die Nacht des Glaubens und des Aufbruchs. So wie der Fürst der Menschen nun zur Messe schreitet, werden auch wir die Nacht feiernd begehen. An einem Ort, der die Grenze zwischen unseren Realitäten beschreibt und der keinen ausschließt."

Oh jauchzet, frohlocket

Ausgerechnet das Dach der ehrwürdigen Kreuzkirche hatte die schlaue Anführerin der Wilden Jagd erwählt, um die Heilige Nacht zu begehen.

Sogar Luzifer nickte anerkennend, als sie das festlich geschmückte Dach erreichten. Die Lichtbringerin, wie der gefallene Engel eigentlich genannt werden sollte, war ein wichtiger Bestandteil der Zeit der löcherigen Grenzen. Nur selten waren die Tore zwischen Himmel und Hölle, Gestern Heute und Morgen, und allem Dazwischen so durchsichtig.

Unter ihnen begann der Chor mit lieblichen, aber kraftvollen Stimmen zu singen. Die Knaben sangen von einer dunklen Nacht, in der ein Stern auf ein neugeborenes Kindlein herniedergeschienen hatte. Die mächtigen Töne der Orgel brachten die Luft zum Schwingen und die ätherischen Gewänder der Luftgeister zum wehen. Auf dem gesamten Dach hatte ein guter Geist Decken ausgebreitet und Picknickkörbe verteilt. Die Luft duftete nach Gebratenem, nach Zimt und gewürztem Glühwein. Michelinda nahm einen rotglänzenden Apfel aus einem Korb und legte sich auf den Rücken. Ruhe überkam sie, als sie der Musik lauschte und dabei einzig und allein ihren Stern betrachtete. Der irisierende Lichtpunkt flimmerte heute Nacht wie ein Kaleidoskop.

Bunte Farben teilten sich, fanden wieder zusammen und bildeten in jedem Augenblick neue Muster. Michelinda traten die Tränen in die Augen. Er hatte ihr immer den Weg gewiesen. Und heute spürte sie, dass er sich verabschiedete.

Soweit ein Stern sich davonbewegen konnte. Aber es war eine Kraft in ihr gewachsen, die sich langsam manifestierte. Frau Holle hatte es gesagt und Michelinda wusste um die Wahrheit hinter den Worten der Herrin der Jagd. Sie war eine Mittlerin zwischen den Welten.

In beiden beheimatet und nun im Dienste beider. August hatte ihr ein Schreiben zukommen lassen, dass sie fest umklammert in der Hand hielt.

Sie sollte die erste sein, die zwischen den Welten vermittelte. Sie war jene, die die Menschen lehren und die paranormalen Wesen unterstützen und, wenn es nötig werden würde, in die Schranken weisen sollte. Michelinda war angekommen.

Sie spürte, wie Luzifer sich neben ihr auf die Decke fallen ließ. Die Teufelin breitete ihre voluminösen Röcke aus und ließ sich ebenfalls auf den Rücken fallen.

„Weißt du, nur du kannst ihn sehen. Er erschien, als es für dich keinen Ausweg gab. Du warst gefangen in deinem Schmerz und liefst Gefahr, dich selber zu zerstören. Er gab dir die Hoffnung die du brauchtest, um durchzuhalten. Er leitete dich durch die Jahrhunderte um dir zu zeigen, dass dein Weg immer der rechte sein würde. Ohne Hoffnung im Herzen erstirbt das Licht. Daher gab ich ihn dir an die Hand, damit immer ein Lichtlein für dich scheinen würde. Ich ließ ihn in den Farben des Regenbogens strahlen, damit du ihn immer finden würdest, egal, wie aussichtslos die Lage und dunkel die Nacht wäre. Jetzt bist du angekommen, Michelinda von Malatesta. Ab heute wirst du das Licht für andere sein. Du wirst sie durch schwere und leichte Zeitalter führen und ihnen das Herz erhellen." Luzifer griff in die Luft und der Stern raste auf ihre Hand zu. Die Lichtbringerin fing das Licht und reichte Michelinda einen Anhänger, der wie ein Stern geformt war.

Vielfarbige Edelsteine waren in zierlichen Golddraht gefasst. Michelinda schloss die Hand darum und sah zu Luzifer. Die aber war verschwunden.

Was blieb, war ein funkelnder Stern, der ihre Handfläche wärmte.

Sie hatte verstanden.

*****

Als Irene und Ivan auf sie zutraten, wusste sie, dass sie noch in dieser Nacht eine Aufgabe zu erfüllen hatte.

Die Knaben im Kirchenschiff sangen aus vollem Herzen:

„Jauchzet! Frohlocket! Auf, preiset die Tage,
rühmet, was heute der Höchste getan!
Lasset das Zagen, verbannet die Klage,
stimmet voll Jauchzen und Fröhlichkeit an!"

Michelinda griff nach den Händen der Vampire und erhob sich.

Immerhin war sie Gargoyle und Franziskanerin.

Sie war ein Wesen beider Welten und wie gemacht dafür, eine neue Liebe, die an der Grenze der Realitäten aufgeflammt war, in dieser Nacht der verschwommenen Schleier zu besiegeln. Sie führte das Paar hoch auf den First des Daches, wo einige Jäger ein schmales Podium errichtet hatten. Wie aus dem Nichts erschien ein Bogen aus schwarzen und blutroten Rosen, der sich über Irene und Ivan zog. Kerzen ploppten aus der Dunkelheit und schwebten flackernd in der kalten Luft.

Als die Orgel zu einem fulminanten Crescendo anhob, erhob auch Michelinda ihre Stimme, um endlich ihrer wahren Bestimmung nachzukommen.

„Ihr Lieben! Wir stehen hier auf heiligem Ort, zu einer heiligen Zeit, begleitet vom Geist des Neuanfangs."

Sie nickte Holle zu, die offenbar jetzt schon ein Tränchen verdrücken musste.

„Lasst uns diese beiden als Zeichen des Neubeginns zueinander führen in alle Ewigkeit."

Und Michelinda war ganz genau da, wo sie hingehörte. Als Ordensschwester, Gargoyle und, wie der Kurfürst ihr beim Bankett mitgeteilt hatte, vom Vatikan neu anerkannte Selige. Das Schicksal hatte ihr ein ganz eigenes Weihnachtswunder beschert.

Der Stern, den sie unter ihrem Gewand auf der Brust trug, würde ihr auch weiterhin den Weg weisen. Den Weg des Herzens, des Friedens und des Geistes der Weihnacht.

Michelina von Malatesta

Die gottselige Michelin(d)a, geboren zu Pezaro im Herzogtum Urbino entstammte einer hochangesehenen Familie. Das Mädchen, denn Frau war sie zu dem Zeitpunkt mitnichten, wurde in ihrem 12. Lebensjahr an einen Herrn des Hauses Malatesta, eine der ältesten Familien in Italien, verehelicht. Sie war aber erst 20 Jahre alt, als sie ihren Gemahl, und kurz danach ihren einzigen Sohn verlor.

Dieser doppelte Verlust, der ihr Herz brechen ließ, bewog sie, der weltlichen Vergnügungen zu entsagen und in den dritten Orden des heiligen Franziskus einzutreten. Ihre Gottseligkeit erschien bald ihren Eltern als eine Geisteskrankheit. Sie ließen sie in Ketten legen und in einen Turm verschließen, auf dass sie wieder zur Besinnung käme. Als Michelina endlich wieder ihre Freiheit erhielt, widmete sie sich ganz den Werken der Nächstenliebe und unternahm eine Wallfahrt in das Heilige Land. Michelina kümmerte sich Zeit ihres Lebens um die Kranken und dem Tode geweihten. Ihr werden in diesen Zusammenhängen auch kleinere Wunder nachgesagt. Michelina konnte offenbar Schmerzen nehmen und, wenn der Tod unvermeidlich war, den Übertritt angenehmer gestalten. Sie starb dann in ihrem Vaterland, am 19. Juni 1356, 56 Jahre alt. Der Heilige Stuhl bestätigte 1737 ihre Verehrung, und setzte ihr Fest auf ihren Todestag.

Nachgeplänkel

Ich hoffe, euch hat der Ausflug in die steinerne Welt der Michelinda von Malatesta gefallen.

Wie Euch vielleicht aufgefallen ist, sind viele der Kapitelüberschriften die Titel alter Weihnachtslieder. Vielleicht hört ihr Euch das ein oder andere einmal an? Im Grunde genommen ist es eine weihnachtliche Playlist, die ihr euch gern zusammenstellen könnt.

Michelinda jedenfalls genießt seit dem erhellenden Jahr ihres Umzugs in die Kreuzkirche jedes Weihnachtsfest aus vollen Zügen. Auch, wenn es nicht ihr letzter Umzug war, denn mit dem Neubau der einige Jahrzehnte später ebenfalls baufällig gewordenen Kreuzkirche stand eine weitere Veränderung an. Aber dazu vielleicht ein anderes Mal mehr.

Wer wissen möchte, wie es mit Irene und Ivan weitergeht, dem lege ich die Reihe „Spiritus Draconis" und dabei speziell den dritten Band „Das Rot von Granatapfelblut" ans Herz.

Ansonsten wünsche ich euch ein wunderbares, besinnliches Weihnachtsfest und jedem einzelnen von euch einen Stern, der ihm oder ihr Hoffnung in diesen schwierigen Zeiten schenkt!

Fühlt euch umarmt,
Eure *Margarethe Alb.*

Margarethe Alb

Wie der Kaiser im Porzellanladen

oder

Nachts im Dresdner Zwinger

Buch 1

der

„Zauberhaften Dresdner Weihnacht"

Nach dem Einbruch der Dunkelheit geht im Dresdner Zwinger die Post ab. Als in der Nacht des 20. Dezember der erste Wintersturm um die Ecken pfeift, zerbricht nicht nur ein Fenster. Ein Verbrechen, von langer Hand geplant, kommt zur Ausführung. Die Porzellanballerina Lysande von Meißen wird gestohlen. Oder sollte man sagen, entführt? Immerhin gehört sie zu den sogenannten belebten Bewohnern der Museen, die allnächtlich ihre Podeste und Vitrinen verlassen, um ihren Alltagsgeschäften nachzugehen. Wird sie bis zum Weihnachtsfest wieder auftauchen? Und was hat das Glockenspiel im ebenso genannten Pavillon des Zwingers damit zu schaffen? Was die Frage aufwirft, ob Glocken reden können?

Denise Bormann

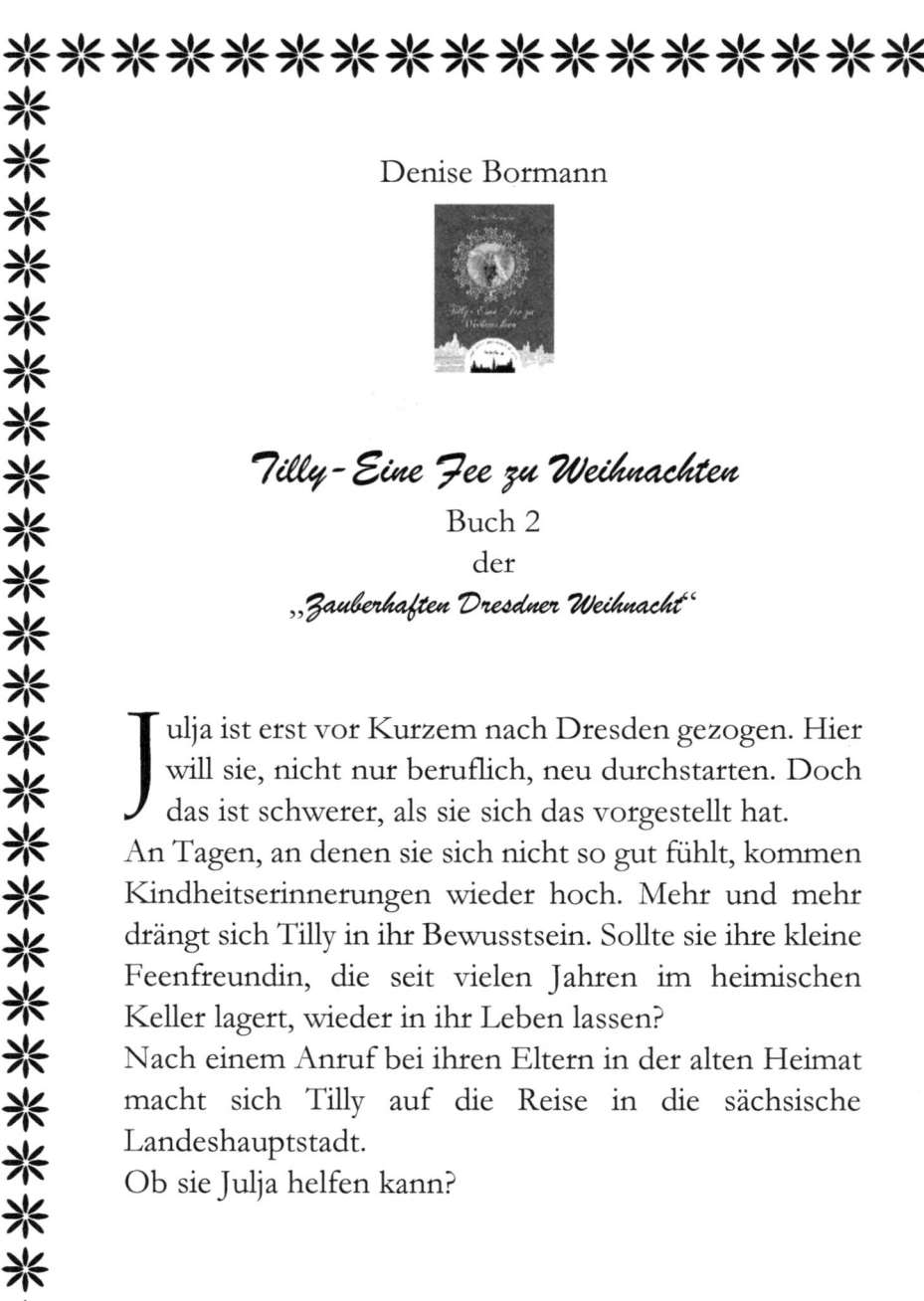

Tilly-Eine Fee zu Weihnachten
Buch 2
der
„Zauberhaften Dresdner Weihnacht"

Julja ist erst vor Kurzem nach Dresden gezogen. Hier will sie, nicht nur beruflich, neu durchstarten. Doch das ist schwerer, als sie sich das vorgestellt hat.

An Tagen, an denen sie sich nicht so gut fühlt, kommen Kindheitserinnerungen wieder hoch. Mehr und mehr drängt sich Tilly in ihr Bewusstsein. Sollte sie ihre kleine Feenfreundin, die seit vielen Jahren im heimischen Keller lagert, wieder in ihr Leben lassen?

Nach einem Anruf bei ihren Eltern in der alten Heimat macht sich Tilly auf die Reise in die sächsische Landeshauptstadt.

Ob sie Julja helfen kann?

Ines Wiesner

Paula – eine kleine Eule mit großem Herz

Buch 3
der
„Zauberhaften Dresdner Weihnacht"

Paula ist eine kleine Eule, die in Dresden, der Landeshauptstadt von Sachsen, Zuhause ist.

Mit ihren Eltern, Hildegard und Fridolin, und ihren beiden älteren Geschwistern, Hanna und Felix, lebt sie im Turm der Dresdner Kreuzkirche am Altmarkt.

Dort hat die Eulen Familie eine sehr kuschlige Wohnung mit tollem Ausblick.

Paula ist eine wissbegierige kleine Eule, die ihre erste Advents- und Weihnachtszeit erlebt und dadurch sehr interessiert und neugierig auf alles und Jeden ist.

Gerade in dieser Zeit passieren die zauberhaftesten Dinge, von denen ich euch gern erzählen möchte.

Lasst euch einfach von mir in das zauberhaft verschneite Dresden entführen und lest selbst…

Eine Geschichte für Jung und Alt.

Im Anschluss an Paulas Geschichte gibt es noch drei Rezepte von ihren Lieblingsspeisen zum Nachmachen. Genießt mit Kräbbelchen, Kartoffelpuffern und Weihnachtskeksen die Advents- und Weihnachtszeit.

Nora Gold

Erdbeeren im Advent

Buch 4
der
„Zauberhaften Dresdner Weihnacht"

Nach einer Führung durch die Frauenkirche bleibt Julitta auf der Kuppel zurück, um noch ein wenig den Blick auf das vorweihnachtliche Dresden zu genießen. Plötzlich hat die junge Chirurgin das Gefühl, nicht allein hier oben zu sein. Jemand beobachtet sie heimlich. Ist es ihr Klinikkollege Lars, der sie schon länger vergeblich anbaggert, oder vielleicht der geheimnisvolle Mann, den sie einige Wochen zuvor auf dem Allgäuer Nebelhorn kennengelernt hat? Julitta spürt, dass sie in großer Gefahr schwebt. Und während sie fieberhaft überlegt, wie sie ihrem Verfolger entkommen kann, spitzt sich die Situation immer weiter zu.

Denise Bormann

Alle Jahre wieder ...
Mörderisch beschauliche
Weihnachten

Buch 5
der
„Zauberhaften Dresdner Weihnacht"

Alle Jahre wieder genießt Karin die für sie schönste Zeit des Jahres in vollen Zügen: die Weihnachtszeit.

Weihnachten, das bedeutet für sie Liebe, Besinnlichkeit und Innehalten beim Schwelgen in Erinnerungen, die sie sicher verpackt in einem ledernen Fotoalbum aufbewahrt. Dazu noch Kerzenschein, der Duft von selbstgebackenen Plätzchen, das Funkeln des Schnees und die innige Verbundenheit mit Familie und Freunden - was kann es Schöneres geben?

Oder trügt der Schein und aus Harmonie im Glanz der Lichterkette am Tannenbaum wird plötzlich pure Mordlust?